GEORGE SAND
Gabriel

Aufgewachsen auf einem abgelegenen Landsitz, erfährt Gabriel erst als Jugendlicher, dass er nur als Junge erzogen, nicht geboren wurde. Auf diese Weise sollten Titel und Vermögen ihm, und nicht seinem Cousin Astolphe zufallen. Durch das Geheimnis in Verwirrung gestürzt, sucht er seine Rolle zwischen Gabriel, dem Fürstenerben, und Gabriele, die sich in Astolphe verliebt, zu finden. Die Herausforderungen, vor denen er dabei steht, sind bis heute existenziell: Wie lassen sich Liebe und Emanzipation miteinander vereinbaren? Schließen Freiheit und Treue einander aus? Eine Lektüre von aktueller wie zeitloser Relevanz.

George Sand gilt als eine der wichtigsten Schriftstellerinnen der Romantik und lebte mit Verve gegen die Konventionen ihrer Zeit an: Sie trug oft Männerkleidung, ließ sich früh scheiden und hatte Liebesbeziehungen mit Männern und Frauen.

GEORGE SAND

Gabriel

Ein Dialogroman

Aus dem Französischen übersetzt von Elsbeth Ranke

Mit einem Nachwort von Walburga Hülk

RECLAM

Gabriel

Für Albert Grzymala.
(Erinnerung an einen abwesenden Bruder.)

Vorbemerkung

Ich habe *Gabriel* in einem Gasthofzimmer in Marseille geschrieben, kurz nach der Rückkehr aus Spanien, während um mich herum meine Kinder spielten. – Der Lärm der Kinder stört nicht. Gerade durch ihr Spiel leben sie in einer fiktiven Welt, in die ihnen der Traum folgen kann, ohne dass die Realität ihm ins Gehege kommt. Auch sie selbst gehören in die Welt des Ideals, so schlicht sind ihre Gedanken.

Gabriel gehört nach Form und Gehalt ganz ins Reich der Phantasie. Nur selten findet sich in der Phantasie der Künstler eine direkte Verbindung zu ihrer realen Situation, und jedenfalls keine Gleichzeitigkeit mit den Sorgen ihres äußerlichen Lebens. Der Künstler muss gerade durch eine Erfindung heraustreten aus der gesetzten Welt, die ihn beunruhigt, bedrückt, ihn langweilt oder bestürzt. Wer das nicht weiß, kann selbst kaum Künstler sein.

George Sand

Nohant, 24. September 1854

Handelnde Personen

FÜRST JULES DE BRAMANTE

GABRIEL DE BRAMANTE, sein Enkel

GRAF ASTOLPHE DE BRAMANTE

ANTONIO

MENRIQUE

SETTIMIA, Astolphes Mutter

FAUSTINA

PÉRINNE, Ausstaffiererin

DER PRÄZEPTOR, Gabriels Hauslehrer

MARC, alter Diener

BRUDER CÔME, Franziskaner, Settimias Beichtvater

BARBE, Settimias alte Gesellschafterin

GIGLIO

EIN KNEIPENWIRT

BANDITEN, STUDENTEN, BÜTTEL, JUNGE MÄNNER
und KURTISANEN

Prolog

Im Schloss von Bramante

Szene 1

DER FÜRST, DER PRÄZEPTOR, MARC
(Der Fürst sitzt im Reisemantel auf einem Sessel. Der Präzeptor steht vor ihm. Marc schenkt ihm Wein ein.)

DER PRÄZEPTOR. Sind Eure Hoheit noch immer so müde?

DER FÜRST. Nein. Dieser alte Wein ist der Freund alten Blutes. Es geht mir deutlich besser.

DER PRÄZEPTOR. Eure Hoheit haben eine lange, mühselige Reise unternommen ... Und das in einem Tempo ...

DER FÜRST. Sehr mühselig, in der Tat, mit über achtzig. Früher durchquerte ich für eine Kleinigkeit ganz Italien von einem Ende zum anderen, für eine Liebelei, eine Laune; jetzt brauche ich sehr gute Gründe, um in der Sänfte auch nur den halben Weg zurückzulegen, den ich damals zu Pferd bewältigte ... Es ist zehn Jahre her, dass ich zum letzten Mal hier war, nicht wahr, Marc?

MARC *(sehr unterwürfig)*. Oh! Jawohl, Euer Gnaden.

DER FÜRST. Da warst du noch frisch und munter! Und doch bist du auch jetzt erst sechzig. Geradezu ein Jüngling!

MARC. Jawohl, Euer Gnaden.

DER FÜRST *(an den Präzeptor gewandt)*. Und wohl immer noch genauso blöde?

(Laut.)

Jetzt lass uns allein, mein guter Marc, und lass diese Karaffe hier.

MARC. Oh! Jawohl, Euer Gnaden.

(Er zögert, zu gehen.)

DER FÜRST *(aufgesetzt gönnerhaft)*. Geh nur, mein Freund ...

MARC. Euer Gnaden ... Sollte ich nicht Herrn Gabriel Bescheid geben, dass Eure Hoheit hier sind?

DER FÜRST *(mit Nachdruck)*. Habe ich Ihnen das nicht ausdrücklich verboten?

DER PRÄZEPTOR. Sie wissen doch, Seine Hoheit möchte Herrn Gabriel überraschen.

DER FÜRST. Nur Sie haben mich kommen sehen. Meine Leute sind die Verschwiegenheit selbst. Wenn geredet wird, mache ich Sie verantwortlich.

(Marc zitternd ab.)

Szene 2

DER FÜRST, DER PRÄZEPTOR

DER FÜRST. Auf ihn ist doch Verlass?

DER PRÄZEPTOR. Wie auf mich selbst, Euer Gnaden.

DER FÜRST. Und ... er ist, außer Ihnen und Gabriels Amme, der Einzige, der je erfahren hat ...

DER PRÄZEPTOR. Er, die Amme und ich, wir sind neben Eurer Hoheit die einzigen Menschen auf der Welt, die heute von diesem gewichtigen Geheimnis wissen.

DER FÜRST. Gewichtig! Ja, Sie haben Recht; furchtbar, entsetzlich ist dieses Geheimnis, manchmal peinigt es mir gar das Gewissen. Und sagen Sie mir, Pater, ist nie irgendein Wort zu viel ...

DER PRÄZEPTOR. Nicht eines, Euer Gnaden.

DER FÜRST. Und bei den Menschen, die täglich mit ihm umgehen, ist nie irgendein Argwohn aufgekommen?

DER PRÄZEPTOR. Nie, Euer Gnaden.

DER FÜRST. So haben Sie mir also in Ihren Briefen keinen Honig um den Bart gestrichen? Alles ist die reine Wahrheit?

DER PRÄZEPTOR. Eure Hoheit stehen kurz davor, sich selbst davon zu überzeugen.

DER FÜRST. Richtig! ... Und das macht mich unsäglich ergriffen.

DER PRÄZEPTOR. Euer Vaterherz wird Grund zur Freude haben.

DER FÜRST. Mein Vaterherz! ... Pater, überlassen wir solche Worte denen, die sie unbefangen benutzen. Wüssten sie nämlich, durch welche dreiste, ja beinahe wahnwitzige Lüge ich mir die Ruhe und Wertschätzung meiner alten Tage erkaufen musste, so würden sie mir ein schweres Vergehen zur Last legen, das weiß ich! Verwenden wir also nicht wie sie die Sprache einer engherzigen, banalen Zärtlichkeit. Meine Zuneigung zu den Kindern meines Geschlechts war ein ernsteres, ein stärkeres Gefühl.

DER PRÄZEPTOR. Ein Gefühl der Leidenschaft!

DER FÜRST. Lassen Sie das Schmeicheln, man könnte es genauso gut ein Verbrechen nennen; ich kenne den Wert der Worte und messe ihm keinerlei Bedeutung zu. Ich kenne die gemeinen Pflichten, die kindischen Sorgen, die bürgerliche Väter binden, aber darüber stehen die Ehrenpflichten, die verzehrenden Ambitionen des adligen Vaters. Mit dem Mut der Verzweiflung habe ich sie erfüllt. Ich hoffe nur, dass die Zukunft mir nicht das Gedächtnis schwächt und nicht den Stolz meines Namens hinter Verfahrens- oder Gewissensfragen zurücktreten lässt!

DER PRÄZEPTOR. Das Schicksal hat Eure Ziele bislang wunderbar gestützt.

DER FÜRST *(nach kurzem Schweigen)*. Sie schrieben, er sei von schöner Gestalt?

DER PRÄZEPTOR. Bewundernswert! Das lebende Abbild seines Vaters.

DER FÜRST. Ich hoffe, sein Charakter hat mehr Energie!

DER PRÄZEPTOR. Wie ich es Eurer Hoheit wiederholt vermeldet habe, unglaubliche Energie!

DER FÜRST. Sein armer Vater! Er war ein schüchterner Charakter ... eine furchtsame Seele. Guter Julien! Wie mühsam konnte ich ihn nur überzeugen, in der Beichte auf dem Totenbett das Geheimnis zu wahren! Bestimmt hat diese Last sein Leben verkürzt ...

DER PRÄZEPTOR. Eher doch der Schmerz, den ihm der zu frühe Tod seiner schönen jungen Gattin zufügte ...

DER FÜRST. Ich habe Ihnen verboten, mir die Dinge schönzureden; Pater, ich bin ein Mann, der die ganze Wahrheit ertragen kann. Ich weiß, ich habe Herzen bluten lassen, und es werden noch weitere bluten! Nun denn, was geschehen ist, ist geschehen ... Er tritt sein siebzehntes Jahr an; er muss von recht hübscher Größe sein?

DER PRÄZEPTOR. Mehr als fünf Fuß, Euer Gnaden, und er wächst weiter und schnell.

DER FÜRST (mit sichtbarer Freude). Wahrhaftig! Es stimmt, das Schicksal steht uns bei! Und das Gesicht, hat es schon männliche Züge? Schon! Ich möchte mich selbst betrügen ... Nein, sagen Sie nichts mehr; ich werde ihn ja sehen ... Sprechen Sie nur von seiner Moral, von der Erziehung.

DER PRÄZEPTOR. Alles, was Eure Hoheit angeordnet haben, wurde gewissenhaft erfüllt, und alles ist wunderbar geglückt.

DER FÜRST. Sei gelobt, Fortuna! ... wenn Sie nichts übertreiben, Pater. So wurde also nichts unversucht gelassen, um seinen Geist zu formen, um ihn mit allem Wissen zu schmücken, das ein Fürst besitzen muss, um seinem Namen und seinem Rang Ehre zu machen?

DER PRÄZEPTOR. Eure Hoheit sind umfassend gebildet. Ihr werdet selbst meinen edlen Schüler befragen können und sehen, dass sein Studium anspruchsvoll und durch und durch männlich war.

DER FÜRST. Lateinisch, Griechisch, hoffe ich?

DER PRÄZEPTOR. Er beherrscht das Lateinische wir Ihr selbst,

das darf ich sagen, Euer Gnaden; und das Griechische ...
wie ...

(Er lächelt gewandt.)

DER FÜRST *(herzlich lachend).* Wie Sie, Pater? Wunderbar, ich
danke Ihnen und gestehe Ihnen in diesem Punkt die Überlegenheit zu. Und Geschichte, Philosophie, Literatur?

DER PRÄZEPTOR. Das kann ich mit Sicherheit bejahen; die
Ehre fällt dabei ganz dem Verstand des Schülers zu. Seine
Fortschritte waren schnell, geradezu erstaunlich.

DER FÜRST. Studiert er gerne? Gelten seine Vorlieben ernsten
Dingen?

DER PRÄZEPTOR. Er studiert gerne, und er ertüchtigt sich
auch gerne, liebt die Jagd, die Waffen, den Wettlauf. Seine
Geschicklichkeit, seine Ausdauer und sein Mut gleichen die
körperliche Kraft aus. Seine Vorlieben gelten den ernsten
Dingen, aber er hat auch die Vorlieben seines Alters: für
schöne Pferde, reiche Gewänder, glänzende Waffen.

DER FÜRST. In diesem Fall steht alles zum Besten, und Sie
haben meine Absichten vollkommen begriffen. Jedoch ein
Wort noch. Haben Sie es verstanden, seinen Gedanken diese
besondere, ganz eigene Ausrichtung zu geben ... Sie wissen,
was ich meine?

DER PRÄZEPTOR. Ja, Euer Gnaden. Seit seiner zartesten Kindheit (Eure Hoheit hatten selbst seiner Phantasie diesen ersten Anstoß gegeben) wurde er durchdrungen von der ruhmreichen Stellung des Mannes und von der Schmach der weiblichen Rolle in Natur und Gesellschaft. Die ersten Gemälde,
die er erblickt hat, die ersten Grundzüge der Geschichte, die
ihm zu denken gegeben haben, haben ihm die Schwäche und
Dienstbarkeit des einen Geschlechts vor Augen geführt, sowie die Freiheit und Macht des anderen. Seht hier auf diesen
Tafeln die Fresken, die ich nach Eurem Befehl habe fertigen
lassen: auf dieser den Raub der Sabinerinnen, auf jener Tar-
peias Verrat; dann die Verbrechen und Bestrafung der Da-

naiden; dort der Verkauf von Sklavinnen im Orient; andern-
orts gibt es verstoßene Königinnen, geächtete oder verrate-
ne Geliebte, hinduistische Witwen auf dem Scheiterhaufen
ihres Gatten; überall die Frau als Sklavin, Besitz, Eroberung,
die, wenn sie ihre Ketten abzuschütteln versucht, zu nichts
als Lüge, Verrat, feigen und nutzlosen Verbrechen greifen
kann und sich dadurch doch nur einer noch härteren Strafe
aussetzt.

DER FÜRST. Und welche Gefühle haben diese ständigen Bei-
spiele in ihm erweckt?

DER PRÄZEPTOR. Eine Mischung aus Abscheu und Mitleid, aus
Sympathie und Hass ...

DER FÜRST. Sympathie, sagen Sie? Ist er denn je einer Frau
begegnet? Hat er je ein paar Worte wechseln können mit
den Vertreterinnen eines anderen Geschlechts als ... seinem? ...

DER PRÄZEPTOR. Ein paar Worte wohl; ein paar Gedanken nie.
Er hat nur von weitem die Bauernmädchen gesehen, und er
würde niemals mit ihnen sprechen.

DER FÜRST. Und Sie meinen wirklich, dass er selbst nichts von
der Wahrheit ahnt?

DER PRÄZEPTOR. Seine Jugend war so keusch, seine Gedanken
sind so rein, die Wahrheit ist ihm mit einem so undurch-
dringlichen Schleier verhüllt, dass er nichts ahnt und erst aus
dem Mund Eurer Hoheit erfahren wird, was er erfahren
muss. Allerdings muss ich Euch warnen: Es wird ein harter
Schlag, ein heftiger, vielleicht ein übersteigerter Schmerz ...
Das ist nun die Kehrseite der Dinge ...

DER FÜRST. Bestimmt ... gut so. Sie werden ihn im Gespräch
vorbereiten, wie wir es vereinbart haben.

DER PRÄZEPTOR. Euer Gnaden, ich höre ein Pferd im Galopp ... Er ist es. Wenn Ihr durch dieses Fenster sehen
wollt ... Er kommt.

DER FÜRST *(steht lebhaft auf und blickt, versteckt hinter dem*

Vorhang, durchs Fenster). Was denn! Dieser junge Mann auf einem schwarzen Pferd, so schnell wie der Wind?

DER PRÄZEPTOR *(stolz).* Ja, Euer Gnaden.

DER FÜRST. Der Staub, den er aufwirbelt, verhüllt mir sein Gesicht ... Dieses prächtige Haar, diese elegante Gestalt ... Ja, das muss ein hübscher Reiter sein ... Gute Haltung auf dem Pferd; Anmut, Geschick, Kraft sogar ... Wie! Wird er etwa über die Mauer springen, dieser junge Heißsporn?

DER PRÄZEPTOR. Wie immer, Euer Gnaden.

DER FÜRST. Bravissimo! Ich hätte es mit fünfundzwanzig nicht besser gemacht. Pater, wenn die übrige Erziehung genauso gelungen ist, beglückwünsche ich Sie und werde Sie zu Ihrer Zufriedenheit entlohnen, verlassen Sie sich darauf. Jetzt trete ich in den Raum, den Sie mir angewiesen haben. Hinter dieser Wand höre ich Ihre Unterredung mit. Ich muss mich selbst darauf vorbereiten, ihn zu sehen, muss ihn etwas kennen lernen, bevor ich mit ihm spreche. Ich bin ergriffen, das gestehe ich offen, Pater. Das hier ist ein ernster Moment in meinem Leben und im Leben dieses Kindes. Alles wird sich in einem Augenblick entscheiden. Von seinem ersten Eindruck hängt die Ehre einer ganzen Familie ab. Die Ehre! Welch leeres, welch allmächtiges Wort ...!

DER PRÄZEPTOR. Der Sieg wird Euer sein, wie immer, Euer Gnaden. Zwar konnte ich seine Instinkte nicht vollständig nach Eurem Willen formen, und so wird sich seine schwärmerische Seele in der ersten Bestürzung vielleicht auflehnen; doch die Abscheu vor der Sklaverei, der Durst nach Unabhängigkeit, nach Tätigkeit und Ruhm werden über alle Skrupel triumphieren.

DER FÜRST. Ich hoffe, Sie orakeln richtig! Ich höre ihn ... sein Schritt ist beherzt! Ich gehe hier hinein ... Ich gebe Ihnen eine Stunde ... mehr oder weniger, je nach ...

DER PRÄZEPTOR. Euer Gnaden, Ihr werdet alles hören. Wenn

Ihr wünscht, dass er vor Euch tritt, lasst einen Gegenstand fallen; dann weiß ich Bescheid.

DER FÜRST. Nun denn!

(Er betritt den Nebenraum.)

Szene 3

DER PRÄZEPTOR, GABRIEL

(Gabriel im modischen Jagdgewand, langes, lockiges, zerzaustes Haar, die Gerte in der Hand. Er wirft sich schnaufend auf einen Stuhl und wischt sich die Stirn.)

GABRIEL. Puh! Ich kann nicht mehr.

DER PRÄZEPTOR. Sie sind tatsächlich bleich, Monsieur. Sie hatten doch nicht etwa einen Unfall?

GABRIEL. Nein, aber beinahe hätte mein Pferd mich abgeworfen. Dreimal hat es in vollem Galopp gescheut. Merkwürdig, das ist mir mit diesem Tier noch nie passiert. Mein Reitknecht sagt, das ist ein schlechtes Omen. Für mich ist es ein Zeichen, dass mein Pferd launisch wird.

DER PRÄZEPTOR. Sie wirken erschüttert ... Sie sagen, Sie wären beinahe abgeworfen worden?

GABRIEL. Ja, tatsächlich. Beinahe, beim dritten Mal. Und da bin ich wirklich erschrocken.

DER PRÄZEPTOR. Erschrocken? Sie, ein so guter Reiter?

GABRIEL. Nun, ich bekam Angst, wenn Sie so wollen.

DER PRÄZEPTOR. Nicht so laut, Monsieur, man könnte Sie hören.

GABRIEL. Na, und wenn? Bin ich etwa einer, der seine Worte hütet und seine Gedanken versteckt? Was wäre daran so beschämend?

DER PRÄZEPTOR. Ein Mann darf niemals Angst haben.

GABRIEL. Genauso gut könnte man sagen, mein lieber Pater, ein

Mann darf nie frieren oder nie krank sein. Ich glaube, ein Mann darf seinen Feind nur nie sehen lassen, dass er Angst hat.

DER PRÄZEPTOR. Der Mann ist von Natur aus dazu veranlagt, sich der Gefahr zu stellen, und eben das unterscheidet ihn von der Frau.

GABRIEL. Die Frau! Die Frau, ich weiß nicht, weshalb Sie mir immer von der Frau anfangen. Ich jedenfalls habe nicht das Gefühl, dass meine Seele ein Geschlecht hat, wie Sie es mir so oft beweisen wollen. Zu nichts verspüre ich in mir eine absolute Fähigkeit: Zum Beispiel fühle ich mich nicht absolut tapfer, und auch nicht absolut feige. Es gibt Tage, wenn unter der heißen Mittagssonne meine Stirn glüht, mein Pferd vom Galopp berauscht ist wie ich, da würde ich allein zum Vergnügen über die tiefsten Abgründe unserer Berge hinwegsetzen. Und es gibt Abende, da erschauere ich beim Klappern eines Fensters im Wind und würde um keinen Ruhm in der Welt ohne Licht über die Schwelle meiner Kapelle treten. Glauben Sie mir, wir stehen alle unter dem Eindruck des Augenblicks, und würde ein Mann vor mir behaupten, er habe noch nie Angst gehabt, so hielte ich ihn für einen Angeber, genauso wie eine Frau mir sagen könnte, dass sie an manchen Tagen voller Mut ist, ohne dass ich mich wundern würde. Als Kind habe ich mich der Gefahr oft bereitwilliger gestellt als heute: Denn ich war mir ihrer nicht bewusst.

DER PRÄZEPTOR. Mein lieber Gabriel, Sie sind heute sehr spitzfindig ... Aber lassen wir das. Ich habe Ihnen mitzuteilen ...

GABRIEL. Nein, nein! Ich will meine Spitzfindigkeit zu Ende bringen und Sie mit Ihren eigenen Argumenten schlagen ... Ich weiß genau, warum Sie das Gespräch ablenken wollen ...

DER PRÄZEPTOR. Ich verstehe Sie nicht.

GARBIEL. Doch, doch! Erinnern Sie sich, wie Sie einmal einen Bach nicht überqueren wollten, weil die Brücke aus lose verflochtenen Ästen fast nicht mehr hielt? Dabei stand ich schon in der Mitte! Sie wollten nicht vom Ufer weg, und auf Ihre Bitte kehrte ich um. Da hatten Sie also Angst?

DER PRÄZEPTOR. Daran erinnere ich mich nicht.

GABRIEL. Oh, doch!

DER PRÄZEPTOR. Wahrscheinlich hatte ich Angst um Sie.

GABRIEL. Nein, denn ich war schon zur Hälfte drüben. Für mich war es genauso gefährlich, umzukehren wie weiterzugehen.

DER PRÄZEPTOR. Und daraus wollen Sie schließen …

GABRIEL. Daraus, dass ich als zehnjähriges Kind ohne Bewusstsein für die Gefahr wagemutiger war als Sie, der weise, umsichtige Mann, ergibt sich, dass absoluter Mut keine ausschließliche Eigenschaft des Mannes ist, sondern eher des Kindes und – wer weiß? – vielleicht auch der Frau.

DER PRÄZEPTOR. Woher nehmen Sie all diese Gedanken? Ich habe Sie nie so logisch argumentieren hören!

GABRIEL. Tja, ich erzähle Ihnen eben nicht alles, was mir durch den Kopf geht.

DER PRÄZEPTOR *(besorgt)*. Was denn zum Beispiel?

GABRIEL. Ach, was weiß denn ich! Ich bin heute ganz sonderbar aufgelegt. Ich möchte mich über alles lustig machen.

DER PRÄZEPTOR. Und wer hat Sie so lustig gemacht?

GABRIEL. Im Gegenteil, traurig bin ich! Wissen Sie, ich hatte einen wunderlichen Traum, der mich mitgenommen und den ganzen Tag geradezu verfolgt hat.

DER PRÄZEPTOR. Wie albern! Und dieser Traum also …

GABRIEL. Ich habe geträumt, ich wäre eine Frau.

DER PRÄZEPTOR. Das ist nun wirklich merkwürdig … Und woher kommt Ihnen diese Einbildung?

GABRIEL. Ja, woher kommen Träume? Das sollten Sie mir erklären, mein lieber Lehrer.

DER PRÄZEPTOR. Und dieser Traum war Ihnen sicher unangenehm?

GABRIEL. Nicht im Geringsten; denn in meinem Traum wohnte ich nicht auf dieser Erde. Ich hatte Flügel, und ich schwebte über den Welten, auf dem Weg in ich weiß nicht in welche ideale Welt. Herrliche Stimmen sangen rings um mich; ich sah niemanden; aber die leichten, leuchtenden Wolken, die durch den Äther zogen, spiegelten meine Gestalt, und ich war ein junges Mädchen in einem langen, wallenden Gewand mit einem Blumenkranz.

DER PRÄZEPTOR. Dann waren Sie also ein Engel, keine Frau.

GABRIEL. Ich war eine Frau; denn plötzlich wurden meine Flügel schwer, der Äther schloss sich über meinem Kopf wie eine undurchdringliche gläserne Kuppel, und ich fiel und fiel ... und um den Hals trug ich eine schwere Kette, deren Gewicht mich in den Abgrund zog; und da wachte ich auf, beladen mit Traurigkeit, Überdruss und Schrecken ... Ach, reden wir nicht mehr davon. Was haben Sie mir heute beizubringen?

DER PRÄZEPTOR. Ich habe ein ernstes Gespräch mit Ihnen vor, um Ihnen eine bedeutende Neuigkeit mitzuteilen, und ich verlange Ihre ungeteilte Aufmerksamkeit.

GABRIEL. Eine Neuigkeit! Das wäre die erste in meinem Leben, denn seit ich lebe, höre ich immer dasselbe. Ist es ein Brief von meinem Großvater?

DER PRÄZEPTOR. Noch besser.

GABRIEL. Ein Geschenk? Daran liegt mir nichts. Ich bin kein Kind mehr, das sich über eine neue Waffe freut oder über neue Kleider. Ich kann nicht glauben, dass mein Großvater nur an mich denkt, um sich um meine Toilette Gedanken zu machen oder um mein Vergnügen.

DER PRÄZEPTOR. Dabei mögen Sie schöne Kleider, sogar etwas zu gerne.

GABRIEL. Das stimmt; aber ich wünschte, mein Großvater würde mich als jungen Mann betrachten und mir die unerhörte Ehre erweisen, seine Bekanntschaft zu machen.

DER PRÄZEPTOR. Nun, mein Lieber, diese Ehre wird Ihnen in Kürze zuteil werden.

GABRIEL. Das höre ich jedes Jahr.

DER PRÄZEPTOR. Und morgen ist es so weit.

GABRIEL *(mit ernsthafter Befriedigung)*. Ah! Endlich!

DER PRÄZEPTOR. Erfüllt diese Neuigkeit all Ihre Wünsche?

GABRIEL. Ja, ich habe meinem edlen Ahnen vieles zu sagen, viele Fragen zu stellen, und wahrscheinlich auch Vorwürfe zu machen.

DER PRÄZEPTOR *(erschrocken)*. Vorwürfe?

GABRIEL. Ja, wegen der Einsamkeit, in der er mich hält, seit ich auf der Welt bin. Denn ich habe sie satt, und ich will diese Welt kennen lernen, von der ich so viel höre, diese Männer, die man mir rühmt, diese Frauen, die man erniedrigt, all den so geschätzten Besitz, diese Vergnügungen, nach denen man strebt ... Ich will alles kennen lernen, alles erfahren, alles besitzen, allem trotzen! Ha, das erstaunt Sie; aber hören Sie: Man kann Falken im Käfig erziehen und ihnen die Erinnerung oder den Instinkt der Freiheit abgewöhnen: Ein junger Mann jedoch ist ein Vogel mit besserem Gedächtnis und mehr Verstand.

DER PRÄZEPTOR. Ihr illustrer Ahn wird Ihnen seine Absichten mitteilen, Sie werden ihm Ihre Wünsche vortragen. Mein Amt bei Ihnen ist beendet, mein lieber Zögling, und ich wünsche, Seine Hoheit hat nicht zu befinden, dass ich es schlecht verrichtet habe.

GABRIEL. Herzlichen Dank! Wenn ich einigen Verstand vorweisen kann, so gebührt alle Ehre dafür meinem lieben Präzeptor; wenn mein Großvater mich für töricht befindet, kann mein Präzeptor sich die Hände in Unschuld waschen und erklären, dass er aus meinem armen Hirn einfach nichts hat herausholen können.

DER PRÄZEPTOR. Sie Schlingel! Wollen Sie mir endlich zuhören?

GABRIEL. Wobei? Ich dachte, Sie hätten mir alles gesagt.

DER PRÄZEPTOR. Ich habe noch gar nicht begonnen.

GABRIEL. Dauert es sehr lange?

DER PRÄZEPTOR. Nein, wenn Sie mich nicht dauernd unterbrechen.

GABRIEL. Ich bin ganz Ohr.

DER PRÄZEPTOR. Schon mehrfach habe ich Ihnen erklärt, was ein Majorat ist, und wie die Vererbung eines Landguts mit Titeln, Rechten, Privilegien, Ehren und dem Vermögen, das daran gebunden ist ...

(Gabriel gähnt hinter vorgehaltener Hand.)

Sie hören nicht zu?

GABRIEL. Verzeihen Sie.

DER PRÄZEPTOR. Ich sagte ...

GABRIEL. Bei Gott, Pater, fangen Sie nicht wieder damit an. Ich kann den Satz beenden, ich kenne ihn auswendig: »... und dem Vermögen, das daran gebunden ist, in einer Familie abwechselnd von der älteren auf die jüngere Linie fallen sowie von der jüngeren wieder auf die ältere übergehen kann, weil es laut Erbrecht dem ältesten männlichen Sprössling einer Linie zufällt, wenn die andere Linie nur noch durch Mädchen vertreten wird.« Und das soll alles sein, was Sie mir Neues und Interessantes zu sagen hatten! Wirklich, wenn Sie mir nie etwas Besseres beigebracht hätten, würde ich lieber überhaupt nichts wissen.

DER PRÄZEPTOR. Haben Sie ein bisschen Geduld! Bedenken Sie, wie viel ich bei Ihnen oft davon brauche.

GABRIEL. Das stimmt, mein Freund, verzeihen Sie. Ich bin heute launisch gestimmt.

DER PRÄZEPTOR. Das merke ich. Vielleicht sollten wir das Gespräch lieber auf morgen oder auf heute Abend verschieben.

(Leises Geräusch im Nebenraum.)

GABRIEL. Wer ist da?

DER PRÄZEPTOR. Sie werden es erfahren, wenn Sie mir zuhören wollen.

GABRIEL *(erregt)*. Er! mein Großvater vielleicht?

DER PRÄZEPTOR. Vielleicht.

GABRIEL *(läuft zur Tür)*. Wie das, vielleicht! Und Sie spannen mich auf die Folter …

(Er versucht zu öffnen. Die Tür ist von innen verriegelt.)

Was denn! Er ist hier, und mir wird es verheimlicht!

DER PRÄZEPTOR. Lassen Sie, er ruht.

GABRIEL. Nein! Er hat sich gerührt, er hat Geräusche gemacht.

DER PRÄZEPTOR. Er ist müde, krank; Sie können ihn nicht sehen.

GABRIEL. Warum schließt er sich vor mir ein? Ich wäre ohne einen Laut eingetreten; ich hätte liebevoll über seinen Schlaf gewacht; ich hätte sein erhabenes Antlitz betrachtet. Sehen Sie, Pater; ich habe es immer geahnt, er liebt mich nicht. Ich bin allein auf der Welt: Einen einzigen Beschützer habe ich, einen einzigen Verwandten, und der kennt und liebt mich nicht!

DER PRÄZEPTOR. Fort, mein lieber Schüler, mit diesen traurigen und schuldhaften Gedanken. Ihr illustrer Ahn hat Ihnen keine billigen Beweise seiner Zuneigung zukommen lassen, wie sie in den niederen Klassen üblich sind …

GABRIEL. Hätte der Himmel mich doch in diesen Klassen zur Welt kommen lassen! Dann wäre ich kein Fremder, kein Unbekannter für das Oberhaupt meiner Familie.

DER PRÄZEPTOR. Gabriel, Sie werden heute ein großes Geheimnis erfahren, das Ihnen alles erklären wird, was Ihnen bis heute ein Rätsel schien; ich sage es Ihnen ganz offen: Ihnen steht die feierlichste, die erschreckendste Stunde bevor, die Ihnen bisher geschlagen hat. Sie werden sehen, welch unermessliche, welch unglaubliche Fürsorge seit dem Augenblick Ihrer Geburt und bis heute über Sie gebreitet war. Wappnen Sie sich mit Mut. Sie haben heute einen großen

Entschluss zu fassen, ein großes Geschick auf sich zu nehmen. Wenn Sie erfahren haben, was Sie nicht wissen, werden Sie nicht mehr sagen, dass Sie nicht geliebt werden. Zumindest wissen Sie, dass Ihre Geburt ersehnt wurde wie eine Gunst des Himmels, wie ein Wunder. Ihr Vater war krank, und man hatte schon fast die Hoffnung aufgegeben, dass er einen Erben für seinen Titel und sein Vermögen zeugen würde. Und schon triumphierte die jüngere Linie der Bramanter in der Hoffnung auf das Erbe des ruhmreichen Titels, den Sie eines Tages tragen werden ...

GABRIEL. Ja, ja, das alles weiß ich. Im Übrigen habe ich mir vieles zusammengereimt, was Sie mir nicht gesagt haben. Zwischen den Brüdern Julien und Octave, meinem Vater und meinem Onkel, stand vermutlich die Eifersucht; vielleicht hatte auch mein Großvater eine heimliche Vorliebe für seinen älteren Sohn ... Da kam ich zur Welt. Allseitige Freude, nur nicht für mich; denn mich bedachte der Himmel nicht mit einem Charakter, der diesen ernsten Umständen gewachsen wäre.

DER PRÄZEPTOR. Was sagen Sie da?

GABRIEL. Ich sage, dass dieses Gesetz der Erbfolge von Mann zu Mann ein Ärgernis ist, vielleicht gar eine Ungerechtigkeit. Dieses ewige Hin und Her des Besitzrechts zwischen den Linien einer Familie kann nur das Feuer der Eifersucht entfachen, Groll nähren, Hass zwischen Verwandten schüren, Väter zwingen, ihre Töchter zu hassen, und Mütter beschämen, die Kinder ihres Geschlechts geboren haben! ... Zwangsläufig müssen Ehrgeiz und Habsucht kräftige Wurzeln treiben in einer solchen Familie, die sich wie eine hungrige Meute um die Beute des Majorats drängt, und die Geschichte hat mich gelehrt, dass daraus Verbrechen erwachsen können, die der Menschheit Abscheu und Schande einbringen. Nanu, was haben Sie, lieber Meister, dass Sie mich so ansehen? Sie sind ja ganz verstört! Haben Sie mich nicht genährt mit der Geschichte der großen Helden und der Feiglinge? Haben Sie mir nicht immer vorgeführt, wie Heldentum und Aufrichtigkeit gegen Arglist und Niedertracht kämpfen? Wundert es Sie, dass mir davon ein Begriff von Gerechtigkeit geblieben ist, eine Liebe zur Wahrheit?

DER PRÄZEPTOR *(leiser)*. Gabriel, Sie haben ja Recht; aber um Himmels willen, seien Sie weniger kategorisch und weniger beherzt, wenn Sie vor Ihrem Ahnherrn stehen.

(Ungeduldiges Lärmen im Nebenraum.)

GABRIEL *(laut)*. Sehen Sie, Pater, ich habe eine höhere Meinung von meinem Großvater; ich möchte, dass er mich hört. Vielleicht wird seine Gegenwart mich einschüchtern; doch ich hoffe, er kann in meiner Seele lesen und sehen, dass er sich seit zwei Jahren täuscht, wenn er mir immer noch Kindertand schickt.

DER PRÄZEPTOR. Ich wiederhole, Sie können seine Zuneigung zu Ihnen noch nicht begreifen. Seien Sie nicht undankbar gegen den Himmel; Sie hätten enterbt zur Welt kommen können, ohne all dieses Vermögen, mit dem das Glück Sie bedacht hat, und all diese Liebe, die so rätselhaft, doch beständig über Sie wacht ...

GABRIEL. Ich hätte wohl als Frau zur Welt kommen können, und das hätte mich um Vermögen und elterliche Liebe gebracht! Ein verdammtes Geschöpf wäre ich gewesen, und hier und heute würde ich wohl für das Verbrechen meiner Geburt im Kerker eines Klosters büßen. Doch es war ja nicht mein Großvater, der mir die Gnade und die Ehre hat zukommen lassen, dem männlichen Geschlecht anzugehören.

DER PRÄZEPTOR *(in immer größerer Verstörung)*. Gabriel, Sie wissen nicht, wovon Sie reden.

GABRIEL. Es wäre ja lustig, wenn ich meinem Großvater dafür danken müsste, dass ich sein Enkel bin! Dabei müsste doch eher er mir danken, dass ich so geboren bin, wie er mich wünschte; denn er hasste ... oder zumindest liebte er seinen

Sohn Octave nicht, und es hätte ihn zutiefst gegrämt, seinen Titel dessen Kindern überlassen zu müssen. Oh ja, das habe ich längst begriffen, ganz ohne Ihr Zutun: Sie sind kein großer Diplomat, mein Pater; dafür sind Sie zu sehr Ehrenmann …

DER PRÄZEPTOR *(leise).* Gabriel, ich beschwöre Sie …

(Im Nebenraum kracht lautstark ein Gegenstand zu Boden.)

GABRIEL. Aha! Diesmal ist der Fürst wirklich wach. Endlich werde ich ihn sehen und erfahren, was er vorhat; ich will zu ihm hinein.

(Er tritt entschlossen an die Tür, der Fürst öffnet ihm und erscheint auf der Schwelle. Eingeschüchtert hält Gabriel inne. Der Fürst nimmt seine Hand und führt ihn in den Nebenraum, dessen Tür er heftig zuschlägt.)

Szene 4

DER PRÄZEPTOR *(allein).* Der Alte ist verärgert, das Kind begehrt gegen alles auf, und ich weiß nicht mehr ein noch aus. Der alte Jules ist rachsüchtig, und für die Mächtigen ist Rache so leicht zu haben! Dabei ist er so verschroben und so unvorhersehbar, dass er mir womöglich mit einem Schlag als Ehre anrechnet, was ihm jetzt als Schuld erscheint. Vor allem aber ist er ein Mann von Geist, und er urteilt mit dem Verstand; er wird begreifen, dass die ganze Schuld bei ihm liegt und dass sein bizarres Unterfangen nur zu bizarren Ergebnissen führen konnte. Doch welch rasende Tarantel hat heute nur die Zunge meines Zöglings gestochen? So habe ich ihn noch nie erlebt. Es wäre vergeblich, Vorhersagen für dieses merkwürdige Geschöpf treffen zu wollen: Seine Zukunft ist so schwer zu fassen wie seine geistige Veranlagung … Konnte ich mir da weisere Zauberkraft anmaßen als die Natur und das göttliche Werk in einem menschlichen Gehirn zerstören? Vielleicht hätte ich es gekonnt, mit Lug und Trug; doch dieses Kind hat es selbst gesagt, ich war zu sehr Ehrenmann, um meinen schwierigen Auftrag würdig zu erfüllen. Ich konnte ihm den wahren moralischen Wert der Dinge nicht vorenthalten, und was seine Urteilskraft verfälschen sollte, hat nur dazu gedient, sie in die richtige Richtung zu lenken …

(Er horcht auf Worte aus dem Nebenraum.)

Sie erheben die Stimmen … Die Stimme des Alten ist schroff und hart, die des Kindes zittert vor Zorn … Wie denn! Er wagt es, dem zu trotzen, dem noch niemand ungestraft getrotzt hat! Mein Gott, gib, dass er sich nicht den Hass dieses unerbittlichen Manns zuzieht!

(Er horcht wieder.)

Der Alte droht, das Kind widerspricht … Dieses Kind ist edel und offenherzig; ja, eine schöne Seele, und ich hätte sie verderben und in den Schmutz ziehen sollen, denn dieses Bedürfnis nach Gerechtigkeit und Aufrichtigkeit wird zur Folter werden in der unmöglichen Situation, in die er geworfen wird. Ach, Ehrgeiz, Marter der Fürsten, welch schändlichen Rat gibst du ihnen, und welchen Trost kannst du ihnen andererseits schenken! … Ja, Ehrgeiz und Eitelkeit können in Gabriels Seele die Oberhand gewinnen und ihn gegen die Verzweiflung wappnen …

(Er horcht.)

Der Fürst spricht mit Nachdruck … Er kommt hierher … Soll ich mich seinem Zorn stellen? … Ja, um Gabriel davor zu schützen … Gebe Gott, dass er mich alleine trifft … Das Donnerwetter scheint sich zu legen; nunmehr spricht Gabriel mit großer Sicherheit … Gabriel! Welch absonderliches, unglückliches Geschöpf, so einzigartig auf der Welt! … Mein Werk, das heißt, mein Stolz und meine Reue! … und meine Qual! Gott, du allein weißt, welche Marter ich seit zwei Jahren leide … Wahnwitziger Alter! Du hast dein Herz nie für etwas anderes schlagen hören als für das leere Hirngespinst des falschen Ruhms, du hast nicht geahnt, dass ich leiden könnte! Gott, du hast mir große Kraft gegeben, ich danke dir, dass meine Prüfung beendet ist. Wirst du mich dafür strafen, dass ich sie angenommen habe? Nein! Denn ein anderer an meiner Stelle hätte sie vielleicht schändlich ausgenutzt … und ich habe zumindest das Geschöpf so gut geschützt, wie ich konnte, wenn ich es schon nicht retten konnte.

Szene 5

DER FÜRST, GABRIEL, DER PRÄZEPTOR

GABRIEL *(verzweifelt)*. Lasst mich, ich habe genug gehört; kein Wort weiter, oder ich gehe mir ans Leben. Ja, diese Strafe sollte ich Ihnen auferlegen, um die irren Hoffnungen Ihres unersättlichen Hasses und Ihres wahnwitzigen Hochmuts zu Fall zu bringen.

DER PRÄZEPTOR. Mein liebes Kind, um Himmels willen, mäßigen Sie sich … Überlegen Sie, mit wem Sie sprechen.

GABRIEL. Ich spreche mit dem, dem ich auf ewig Sklave und Opfer bin! Welche Schande! Schande und Fluch über den Tag, an dem ich geboren bin!

DER FÜRST. Sind Ihre Sinne schon so der Begierde verfallen, dass der Gedanke an ewige Keuschheit Sie derart in Verzweiflung bringt?

GABRIEL. Schweig, Alter! Deine Lippen vertrocknen, wenn du Worte aussprichst, deren erhabene, heilige Bedeutung du nicht begreifst. Schreib mir keine Gedanken zu, die meine Seele nie besudelt haben. Du hast mir genug Leid angetan, indem du mich vom Mutterschoß an zum Werkzeug des Hasses gemacht hast, zum Komplizen von Betrug und Fälschung. Muss ich nun unter der Last einer ewigen Lüge le-

ben, eines Diebstahls, den die Gesetze als äußerste Schandtat bestrafen würden!

DER PRÄZEPTOR. Gabriel! Gabriel! Sie sprechen mit Ihrem
Ahnherrn ...

DER FÜRST. Lassen Sie ihn seinen Schmerz ausdrücken und seinem Überschwang freien Lauf lassen. Dieser Wahnsinnsan-
fall braucht mich nicht zu bekümmern. Nur ein Wort noch,
Gabriel: Das glanzvolle Schicksal eines Fürsten oder die ewige Gefangenschaft des Klosters – Sie haben die Wahl! Noch
sind Sie frei. Sie können meine Feinde triumphieren lassen,
den Namen, den Sie tragen, in den Schmutz ziehen, das Gedächtnis derer beflecken, die Sie zur Welt gebracht haben,
mein weißes Haar entehren ... Wenn das Ihr Entschluss ist,
bedenken Sie, dass Schande und Elend auf Sie als Erstes her-
niedergehen werden, und überlegen Sie, ob die Befriedigung
der gröbsten Instinkte den Schrecken eines solchen Sturzes
wirklich ausgleichen kann.

GABRIEL. Genug, es reicht, sage ich! Die Beweggründe, die Sie
meinem Schmerz zuweisen, sind Ihrer Einbildung würdig,
nicht aber meiner ...

(Er setzt sich und birgt das Gesicht in den Händen.)

DER PRÄZEPTOR *(leise zum Fürsten).* Euer Gnaden, man sollte
ihn tatsächlich einen Moment lang sich selbst überlassen; er
kennt sich selbst nicht mehr.

DER FÜRST *(ebenso).* Sie haben Recht. Kommen Sie, Pater.

DER PRÄZEPTOR *(leise).* Sind Eure Hoheit sehr böse auf mich?

DER FÜRST *(ebenso).* Im Gegenteil. Sie haben das Ziel besser erreicht, als ich es selbst gekonnt hätte. Dieser Charakter ga-
rantiert mir mehr Verschwiegenheit, als ich es hätte hoffen
können.

DER PRÄZEPTOR *(beiseite).* Welch steinernes Herz!

(Beide ab.)

GABRIEL *(allein)*. Da ist es also, das entsetzliche Geheimnis, das
ich längst erraten hatte! Endlich haben sie gewagt, es mir ins
Gesicht zu sagen! Schamloser Alter! Dass du nicht im Erd-
boden versunken bist, als du sahst, wie ich, um dich zu
strafen und bloßzustellen, Unwissen und Staunen vorgab!
Was für ein Wahnwitz! Wie konnten sie glauben, dass ich
ihrer schamlosen List noch immer auf den Leim ging? Ja, was
für eine tolle Intrige! Mir Abscheu vor meinem Geschlecht
einzuflößen, um mich dann zu zerschmettern mit der Eröff-
nung: Sieh an, was du bist ... und wohin wir dich sperren
werden, wenn du dich nicht zum Komplizen unseres Ver-
brechens machst! Sogar der Pater! Der Pater, den ich für so
ehrlich hielt und für so schlicht, selbst er wusste es! Vielleicht weiß Marc es auch! Wie viele können es noch wissen?
Ich werde nie mehr wagen, jemandem ins Gesicht zu schau-
en. Ach, manchmal wollte ich noch daran zweifeln. Oh,
mein Traum! Mein Traum diese Nacht, meine Flügel! ...
meine Kette!
(Er weint bitterlich. Er wischt sich die Augen.)
Doch in seiner Hinterlist ist er in seine eigene Falle getappt,
endlich hat er mir gezeigt, wo sein Hass verwundbar ist. Ich
werde euch strafen, ihr Blender! Ich werde euch meine Qualen mitleiden lassen; ich werde euch lehren, was Kummer ist
und Schlaflosigkeit, Angst vor der Schande ... Ich werde die
Strafe an einem Haar aufhängen und sie über deinem weißen Haupt schweben lassen, alter Jules! – bis zu deinem letzten Atemzug. Sorgsam hattest du mir diesen jungen Mann
verheimlicht! Das wird mein Trost sein, die Wiedergut-
machung des Unrechts, in das man mich hineingezogen hat!
Armer Vetter! Armes Opfer, auch du! Ein Streuner, ein
Vagabund, von Schulden erdrückt, der Ausschweifung verfallen, sagen sie, in den Schmutz gezogen, verkommen, viel-

leicht für immer verloren! Armut verdirbt die, die im Hunger nach Ehre und im Durst nach Reichtum erzogen wurden. Und der grausame Alte freut sich noch! Er triumphiert, seinen Enkel in Schmach und Schande zu sehen, weil der Vater dieses Unglücklichen es gewagt hat, sich seinem absoluten Willen zu widersetzen, wer weiß, womöglich eine seiner Schandtaten aufzudecken? Nun, ich werde dir die Hand reichen, denn im Grunde meiner Seele stecke ich noch tiefer im Schmutz, bin noch unglücklicher als du; ich werde mich bemühen, dich aus dem Morast zu ziehen und deine Seele durch eine heilige Freundschaft zu läutern. Gelingt es mir nicht, so werde ich zumindest durch meinen Reichtum den Abgrund deines Elends füllen und dir so das Erbe zurückerstatten, das dir gehört; und wenn ich dir auch nicht diesen eitlen Titel zurückgeben kann, dem du vielleicht nachtrauerst und den ich beschämt an deiner Stelle trage, so werde ich zumindest danach streben, die Gunst der Herrschenden auf dich zu lenken, nach der alle Männer eifersüchtig streben. Doch wie ist sein Name? Und wo finde ich ihn? Ich werde es herausfinden: Auch ich werde lügen und täuschen! Und wenn Vertrauen und Freundschaft ihn und mich wieder auf dieselbe Stufe gestellt haben, werden sie es erfahren! ... Ihr Kummer wird sie durchbohren wie ein Dolch. Da du mich beleidigst, alter Jules, da du meinst, die Keuschheit wäre mir so beschwerlich, soll deine Strafe darin bestehen, dass du nicht erfährst, wie viel keuscher meine Seele, wie viel entschlossener mein Wille ist, als du es dir nur vorstellen kannst! ...

Nun los! Nur Mut! Mein Gott! Mein Gott, du bist der Vater des Waisen, die Stütze des Schwachen, der Verteidiger des Unterdrückten!

Ende des Prologs.

Teil 1

Eine Kneipe

Szene 1

GABRIEL, MARC, GRUPPEN *(bei Tisch.)*
DER WIRT *(kommt und geht. Später)*
GRAF ASTOLPHE DE BRAMANTE

GABRIEL *(nimmt an einem Tisch Platz)*. Marc! Setz dich hier, mir
gegenüber; schnell!

MARC *(zögernd)*. Gnädiger Herr … hier?

GABRIEL. Beeil dich! All diese Trampel schauen zu uns herüber.
Entspann dich … Wir sind hier nicht im Schloss meines
Großvaters. Bestell uns Wein.

(Marc klopft auf den Tisch. Der Wirt kommt.)

WIRT. Welchen Wein darf ich den Herrschaften servieren?

MARC *(zu Gabriel)*. Welchen Wein darf er Eurer Herrschaft servieren?

GABRIEL *(zum Wirt)*. Was für eine Frage! Natürlich den besten!

(Der Wirt entfernt sich. Zu Marc.)

Sag mal! Kannst du dich nicht lockerer geben? Vergisst du
etwa, wo wir sind, und willst du mich bloßstellen?

MARC. Ich werde mein Bestes geben … Aber ich bin das eben
nicht gewohnt … Sind Sie sicher, dass es hier ist?

GABRIEL. Ganz sicher. Wohl wahr! Die Spelunke schaut übel
aus, das stimmt; aber es kommt darauf an, wie man die
Dinge sieht. Los, alter Freund, ein bisschen Dreistigkeit!

MARC. Es tut mir weh, Sie hier zu sehen! … Wenn jemand Sie
erkennen würde …

GABRIEL. Das wäre sicher von allerbester Wirkung.

GRUPPE STUDENTEN. – ERSTER STUDENT. Wetten, dieser
junge Taugenichts ist mit seinem Onkel hier, um ihn betrun-

ken zu machen und ihm zwischen zwei Gläsern Wein seine Schulden zu gestehen?

ZWEITER STUDENT. Der da? Das ist ein gesitteter Junge. Allein schon an den Falten seiner Halskrause sieht man, wie pedantisch er ist.

DRITTER STUDENT. Welcher von beiden?

ZWEITER STUDENT. Beide.

MARC *(klopft auf den Tisch)*. Und? Unser Wein?

GABRIEL. Wunderbar! Klopf noch lauter!

GRUPPE GEDUNGENER MÖRDER.

ERSTER MÖRDER. Die Leute da haben's aber eilig! Brennt diesem alten Irren die Kehle?

ZWEITER MÖRDER. Sie sind ordentlich angezogen.

DRITTER MÖRDER. Komisch! Ein Alter und ein Kind! Wie spät ist es?

ERSTER MÖRDER. Lenk den Wirt ab, dass er sie nicht zu schnell bedient. Bis sie zwei Karaffen geleert haben, haben wir sicher Mitternacht.

ZWEITER MÖRDER. Sie sind gut bewaffnet.

DRITTER MÖRDER. Ach was! Der eine bartlos, der andere zahnlos.

(Astolphe tritt ein.)

ERSTER MÖRDER. Puh! Da ist ja dieser Hitzkopf Astolphe. Wann sind wir den endlich los?

VIERTER MÖRDER. Wann wir wollen.

ZWEITER MÖRDER. Er ist heute allein.

VIERTER MÖRDER. Aufgepasst!

(Er zeigt auf die Studenten, die sich erheben.)

DIE GRUPPE STUDENTEN.

ERSTER STUDENT. Da ist ja der König der Haudegen, Astolphe. Laden wir ihn ein, eine Karaffe mit uns zu leeren; seine Lustigkeit wird uns wachmachen.

ZWEITER STUDENT. Lieber Himmel, nein. Es ist schon spät, auf den Straßen treibt sich das Gesindel herum.

ERSTER STUDENT. Hast du nicht deinen Degen?

ZWEITER STUDENT. Ach, ich habe diese Dummheiten satt. Dafür sind die Büttel da, nicht wir, um jede Nacht den Dieben nachzustellen.

DRITTER STUDENT. Außerdem gefällt mir dein Astolphe gar nicht. Er mag ja arm und ausschweifend sein, aber er kann nicht vergessen, dass er von Adel ist, und manchmal überkommt ihn wie von selbst sein herrschaftlicher Dünkel, dass ich Lust bekomme, ihn zu ohrfeigen.

ZWEITER STUDENT. Und diese beiden braven Spießer da, die traurig in der Ecke trinken, sehen mir aus wie schlecht verkleidete deutsche Junker.

ERSTER STUDENT. In dieser Kneipe ist heute Abend wirklich schlechtes Publikum. Gehen wir.

(Sie bezahlen den Wirt und gehen. Die Mörder verfolgen jede ihrer Bewegungen. Gabriel ist in die Beobachtung von Astolphe versunken, der sich grimmig auf eine Bank geworfen hat, die Ellbogen auf dem Tisch, ohne etwas zu bestellen und ohne irgendwen anzusehen.)

MARC *(leise zu Gabriel)*. Ein gutaussehender junger Mann; aber wie schlecht gekleidet! Sehen Sie nur, seine Halskrause ist zerrissen und sein Wams voller Flecken!

GABRIEL. Daran ist sein Kammerdiener schuld. Diese edle Stirn! Ach, hätte ich doch diese männlichen Züge, diese breiten Hände …

ERSTER MÖRDER *(mit einem Blick aus dem Fenster)*. Sie sind weg … Wenn diese beiden Idioten, die da hocken, ohne auszutrinken, doch endlich auch gehen würden …

ZWEITER MÖRDER. Du willst ihn hier angehen? Der Wirt ist ein Feigling.

DRITTER MÖRDER. Deshalb erst recht.

ZWEITER MÖRDER. Er wird schreien.

VIERTER MÖRDER. Wir bringen ihn schon zum Schweigen.

(Es schlägt Mitternacht.)

(Astolphe haut mit der Faust auf den Tisch. Die Mörder beobachten abwechselnd ihn und Gabriel, der nur Augen für Astolphe hat.)

MARC *(leise zu Gabriel)*. Da sind übel aussehende Leute, die Sie dauernd anstarren.

GABRIEL. Sie finden es eben lustig, wie ungelenk du dein Glas hältst.

MARC *(trinkend)*. Dieser Wein ist entsetzlich, ich fürchte, er steigt mir zu Kopf.

(Langes Schweigen.)

ERSTER MÖRDER. Der Alte schläft ein.

ZWEITER MÖRDER. Er ist doch gar nicht blau.

DRITTER MÖRDER. Aber doch schon ziemlich grau. Geh und sieh nach, ob nicht Mezzani draußen auf der Straße ist; es ist seine Zeit. Dieser junge Bursche mit den Glotzaugen hat einen schwarzsamtenen Rock, der nicht nach löchrigen Taschen aussieht.

(Zweiter Mörder geht zur Tür.)

WIRT *(zu Astolphe)*. Nun, Herr Astolphe, welchen Wein darf ich Ihnen bringen?

ASTOLPHE. Scher dich zum Teufel!

DRITTER MÖRDER *(halblaut zum Wirt, ohne dass Astolphe es merkt)*. Dieser Herr hat schon dreimal Malvasier bestellt.

WIRT. Wirklich?

(Er läuft nach draußen. Der erste Mörder macht dem dritten ein Zeichen, welcher wie zufällig eine Bank vor die Tür schiebt. Der zweite kommt mit einem fünften Kumpan zurück.)

ERSTER MÖRDER. Mezzani?

MEZZANI *(leise)*. Abgemacht. Zwei Fliegen mit einer Klappe … Der Moment ist günstig. Die Wache ist eben durch. Ich breche einen Streit vom Zaun.

(Laut.)

Welcher Flegel reißt denn hier so ungeniert das Maul zum Gähnen auf?

ASTOLPHE. Flegel gibt es hier nur einen: Sie, Meister.

(Er fängt wieder an zu gähnen und reckt genüsslich die Arme.)

MEZZANI. Herr Zaushaar, achten Sie auf Ihre Manieren.

ASTOLPHE *(streckt sich aus, als wollte er schlafen).* Still, Groß-
maul, ich bin müde.

ERSTER MÖRDER *(wirft mit seinem Glas nach ihm).* Astolphe,
auf dein Wohl!

ASTOLPHE. Na endlich; es hat mir schon gefehlt, dass ich heute
noch keinen Krug zerbrochen und keinen Hund geschlagen
habe.

*(Er geht auf sie los, schiebt seinen Tisch schnell vor sich her.
Der Tisch der Mörder kippt um, ihre Flaschen und Leuchter
fallen. Der Kampf beginnt.)*

MEZZANI *(hält Astolphe an der Gurgel).* He, ihr Trampel, auf das
Kind mit euch!

ERSTER MÖRDER *(geht auf Gabriel los).* Der zittert ja.

*(Marc wirft sich vor ihn, wird zu Fall gebracht. Gabriel tötet
den Mörder mit einem Pistolenschuss aus nächster Nähe. Ein
anderer geht auf ihn los. Marc steht auf. Sie duellieren sich.
Gabriel ist blass und still, kämpft aber kaltblütig.)*

ASTOLPHE *(befreit sich von Mezzani, arbeitet sich kämpfend zu
Gabriel vor).* Gut, junger Löwe! Nur Mut, mein schöner junger Mann! …

(Er durchstößt Mezzani mit dem Degen.)

MEZZANI *(fallend).* Zu Hilfe, Kameraden! Ich bin tot …

WIRT *(von draußen schreiend).* Hilfe! Mord! Ein Hauen und
Stechen in meinem Haus!

(Der Kampf geht weiter.)

ZWEITER MÖRDER. Mezzani tot … Sanche halb tot … drei gegen drei … Gute Nacht!

*(Er flieht Richtung Tür; die beiden anderen wollen ihm nach.
Astolphe tritt ihm in den Weg.)*

ASTOLPHE. Oh nein, so nicht. Tod den Bestien! Das ist für dich,
Galgenheld! Und für dich, Langfinger!

(Er drängt zwei in die Ecke, verletzt einen, der um Gnade winselt. Marc verfolgt den anderen, der zu fliehen versucht. Gabriel entwaffnet den dritten und legt ihm den Dolch an die Kehle.)

MÖRDER *(zu Gabriel).* Gnade, junger Herr, Gnade! Schau, das Fenster steht offen, ich kann davon ... stürz mich nicht ins Verderben! Das hier war mein erstes Verbrechen, es wird mein letztes sein ... Lass mich nicht an Gottes Gnade zweifeln! Lass mich! ... Erbarmen!

GABRIEL. Du Elender! Möge Gott dich hören und dich doppelt strafen, wenn du ihn lästerst ...! Weg mit dir!

MÖRDER *(auf dem Fenstersims).* Ich heiße Giglio ... Ich schulde dir mein Leben!

(Er springt los und verschwindet. Die Wache tritt ein und ergreift die beiden anderen, die zu fliehen versuchen.)

ASTOLPHE. Gut! Zu Diensten, die Herren Büttel! Sie kommen wie immer, wenn man Sie nicht mehr braucht! Schaffen Sie uns diese beiden Leichen weg; und Sie, Herr Wirt, lassen Sie die Tische aufrichten.

(Zu Gabriel, der sich eilig die Hände wäscht.)

Warum so eitel; es waren ehrenvolle Spuren, junger Held!

GABRIEL *(sehr blass und kurz vor der Ohnmacht).* Ich kann kein Blut sehen.

ASTOLPHE. Guter Gott! Im Gefecht hätte man das nicht gedacht! Lassen Sie mich diese kleine weiße Hand drücken, die kämpft wie die des Achilles!

GABRIEL *(wischt sich die Hände mit einem reich bestickten Seidentaschentuch).* Von Herzen gern, Herr Astolphe, kühnster aller Männer!

(Er drückt ihm die Hand.)

MARC *(zu Gabriel).* Gnädiger Herr, Sind Sie auch nicht verletzt?

ASTOLPHE. Gnädiger Herr? Tatsächlich, Sie gleichen ganz einem Prinzen. Tja, da Sie meinen Namen kennen, wissen Sie, dass ich aus gutem Hause bin und dass Sie mich unbescholten zu Ihren Freunden zählen dürfen.

(Sich an die Büttel wendend, die den Wirt befragt haben und vortreten, um ihn zu ergreifen.)

Nanu! Auf wen habt ihr es jetzt abgesehen, ihr Nachtvögel?

ANFÜHRER DER BÜTTEL. Herr Astolphe, Sie werden im Gefängnis warten, bis die Justiz diese Sache geklärt hat.

(Zu Gabriel.)

Mein Herr, bitte folgen mir auch Sie.

ASTOLPHE *(lachend)*. Wie das: geklärt? Mir scheint, sie ist auch so schon sonnenklar. Über uns fallen Mörder her; sie waren fünf gegen drei, und da sie auf die Schwäche eines Greisen und eines Kindes rechneten ... Aber das hier sind tapfere Gefährten ... dieser junge Mann ... Wirklich, Büttel, du solltest dich verbeugen. Und einstweilen, hier, für etwas zu trinken ... Lass uns in Frieden ...

(Er wühlt in seiner Tasche.)

Ach! Ich habe ganz vergessen, dass ich heute Abend meinen letzten Taler verloren habe ... Aber morgen ... wenn ich dich da in so einer Spelunke finde, zahle ich dich doppelt aus ... hörst du? Dieser Herr ist ein Prinz ... der Prinz von ... der Neffe des Kardinals von ...

(Dem Büttel ins Ohr:)

Der Bastard des letzten Papstes ...

(Zu Gabriel.)

Stecken Sie ihnen drei Taler zu, und nennen Sie Ihren Namen.

GABRIEL *(wirft ihnen seine Geldkatze zu)*. Fürst Gabriel de Bramante.

ASTOLPHE. Bramante! Mein Vetter! Bei Bacchus und dem Teufel! In unserer Familie gibt es keinen Bastard ...

ANFÜHRER DER BÜTTEL *(nimmt Gabriels Geldkatze und sieht fragend zum Wirt)*. Vorausgesetzt, Sie entschädigen den

Wirt für die zerbrochenen Möbel und den vergossenen Wein ... dann lässt sich das arrangieren ... Wenn die Mörder vor Gericht stehen, werden die Herrschaften aussagen.

ASTOLPHE. Teufel noch mal! Es war schon Mühe genug, sie aufzuspießen ... Ich will nichts mehr von ihnen hören.

(Leise zu Gabriel.)

Noch was für den Wirt, und wir sind fertig.

GABRIEL *(eine zweite Geldkatze ziehend)*. Müssen wir also Polizei und Zeugen bestechen, als wären wir Verbrecher!

ASTOLPHE. Ja, das ist so üblich in dieser Gegend.

WIRT *(lehnt Gabriels Geld ab)*. Nein, Euer Gnaden, ich mache mir keine Sorgen um den Schaden in meinem Haus. Ich weiß, Eure Hoheit werden mich großzügig entschädigen, und ich habe es nicht eilig. Doch Gerechtigkeit muss sein. Dieser Haudegen Astolphe soll verhaftet werden und im Gefängnis bleiben, bis er bezahlt hat, was er seit sechs Monaten bei mir anschreiben lässt. Auch reicht es mir, was für Gezänk und Lärm er hier jeden Abend mit seinen üblen Kumpanen anzettelt. Er hat mein Haus in Verruf gebracht ... Immer geht der Streit von ihm aus, und ich bin sicher, dass er die Szene heute Abend provoziert hat ...

EINER DER MÖRDER *(geknebelt)*. Ja, ja; wir saßen da in aller Ruhe ...

ASTOLPHE *(mit Donnerstimme)*. Verkriech dich zurück unter die Erde, widerliches Ungeziefer!

(Zum Wirt.)

Ha! Das Haus des Herrn in Verruf gebracht!

(Er lacht lauthals.)

Der Spelunke des Herrn den Ruf befleckt! Eine Mördergrube ... eine Räuberhöhle ...

WIRT. Und was, Monsieur, wollten Sie dann in dieser Räuberhöhle?

ASTOLPHE. Das, was die Polizei nicht erledigt: die Welt von ein paar Mordbuben befreien.

ANFÜHRER DER BÜTTEL. Seigneur Astolphe, die Polizei tut sehr wohl ihre Arbeit.

ASTOLPHE. Wohl wahr, mein Herr – zum Beweis: Ohne unseren Mut und unsere Waffen wären wir hier eben gemeuchelt worden.

WIRT. Das ist noch aufzuklären. Und dafür haben wir die Justiz. Meine Herren, tun Sie Ihre Pflicht, oder ich erstatte Anzeige.

ANFÜHRER DER BÜTTEL *(würdevoll)*. Die Polizei weiß, was sie zu tun hat. Herr Astolphe, mitkommen.

WIRT. Gegen diese edlen Herren habe ich nichts vorzubringen. *(Er zeigt auf Gabriel und Marc.)*

GABRIEL *(zu den Bütteln)*. Messieurs, ich folge Ihnen. Wenn es Ihre Pflicht ist, Seigneur Astolphe festzunehmen, so ist es meine Pflicht, mich ebenfalls in die Hände der Justiz zu begeben. Ich bin Komplize seiner Schandtat, wenn es eine Schandtat ist, sein Leben gegen Räuber zu verteidigen. Einer der Toten, die eben noch hier lagen, ist von meiner Hand gestorben.

ASTOLPHE. Tapferer Vetter!

WIRT. Sie, sein Vetter? Pfui! Wie unverschämt! Ein elender Schnorrer, der seine Schulden nicht zahlt!

GABRIEL. Still, mein Herr, die Schulden meines Vetters werden bezahlt. Morgen wird mein Verwalter hier vorstellig werden.

WIRT *(mit einer Verbeugung)*. Sehr wohl, Euer Gnaden.

ASTOLPHE. Sie irren sich, Vetter, diese Schuld hier sollte mit Stockschlägen beglichen werden. Ich habe genügend andere, denen Sie den Vorrang hätten geben müssen.

GABRIEL. Sie werden alle beglichen werden.

ASTOLPHE. Mir scheint, ich träume … Sollte ich heute Morgen mein Gebet verrichtet haben? Oder hat meine fromme Mutter vielleicht eine Messe für mich lesen lassen?

ANFÜHRER DER BÜTTEL. In diesem Fall könnten die Dinge ins Lot kommen …

GABRIEL. Nein, mein Herr, die Justiz darf nicht das Nachsehen haben; führen Sie uns ins Gefängnis … Behalten Sie das Geld, und behandeln Sie uns gut.

ANFÜHRER DER BÜTTEL. Nach Ihnen, Euer Gnaden.

MARC *(zu Gabriel)*. Meinen Sie das ernst? Ins Gefängnis, Sie, gnädiger Herr?

GABRIEL. Ja, ich möchte alles einmal gesehen haben.

MARC. Guter Gott! Was wird Seine Hoheit Ihr Großvater sagen?

GABRIEL. Er wird sagen, dass ich mich benehme wie ein Mann.

Szene 2

Im Gefängnis

GABRIEL, ASTOLPHE, ANFÜHRER DER BÜTTEL, MARC
(Astolphe schläft auf einer Pritsche. Marc döst auf einer Bank im Hintergrund. Gabriel geht langsam auf und ab, und jedes Mal, wenn er bei Astolphe vorbeikommt, wird er noch langsamer und betrachtet ihn.)

GABRIEL. Er schläft, als würde er kein anderes Zuhause kennen! Anders als mich stoßen ihn diese mit Gotteslästereien beschmierten Wände nicht ab, dieses Lager, auf das Räuber und Vatermörder ihr ruchloses Haupt gebettet haben. Wahrscheinlich ist es nicht die erste Nacht, die er im Gefängnis verbringt! Merkwürdig, diese Gelassenheit! Dabei hat er noch vor einer Stunde seinesgleichen das Leben genommen! Seinesgleichen! Einem Banditen? Ja, seinesgleichen. Bildung und Vermögen hätten aus diesem Banditen vielleicht einen tapferen Soldaten gemacht, einen großen Hauptmann. Wer weiß das schon, und wen kümmert's? Nur den, der der Bildung und einem launigen Stolz ein Schicksal verdankt, das so ganz wider die Natur geht: mich! Auch ich habe soeben einen Menschen getötet … einen Mann, den genauso eine Laune aus der Wiege heraus in eine Kutte hüllen und für immer in ein beschaulich-ruhiges Klosterleben hätte werfen können!

(Er betrachtet Astolphe.)

Sonderbar, dass der Moment, der uns zum ersten Mal vereint hat, uns beide zum Mörder gemacht hat! Was für ein düsteres Omen! Dabei bin ich der Einzige, der sich darum sorgt, als wäre meine Seele wirklich anders geartet … Nein, ich werde diese Vorstellung von Unterlegenheit nicht hinnehmen! Sie ist reines Menschenwerk, Gott aber widerstrebt sie. Seien wir seelenruhig wie sie, die da schlafen nach solchem Mord und Totschlag.

(Er wirft sich auf ein anderes Bett.)

ASTOLPHE *(im Traum)*. Ach, treulose Faustina! Du speist mit Alberto, weil er mir im Spiel mein Geld abgenommen hat! … Ich … verachte dich …

(Er erwacht und setzt sich auf dem Bett auf.)

Was für ein törichter Traum! Und das Erwachen ist noch törichter! Im Gefängnis! Na, Gefährten? … Keine Antwort; offenbar schlafen alle. Gute Nacht!

(Er streckt sich aus und schläft wieder ein.)

GABRIEL *(richtet sich halb auf und betrachtet ihn)*. Faustina! Wahrscheinlich der Name seiner Geliebten. Er träumt von seiner Geliebten; und ich kann an nichts anderes denken als an diesen Mann, dessen Züge so grässlich entstellt wurden, als meine Kugel ihn traf … Ich habe ihn nicht sterben sehen … Ich glaube, er hat noch geröchelt, als die Büttel ihn mitgenommen haben … Ich habe weggeschaut … ich hätte nicht den Mut gehabt, noch einmal diesen blutigen Mund anzusehen, diesen zerschmetterten Kopf! … Ich hätte nicht gedacht, dass der Tod so schrecklich ist. Ist das Leben dieses Banditen denn weniger wert als meines? Mein Leben! Ist es nicht für immer erbärmlich? Ist es nicht auch ein Verbrechen? Mein Gott! Vergib mir. Dem anderen habe ich das

Leben geschenkt ... ich hätte es nicht über mich gebracht, es ihm zu nehmen ... Und er da! der so tief schläft, er hätte keine Gnade walten lassen; er wollte keinen davonkommen lassen! War das Mut? Oder Grausamkeit?

ASTOLPHE *(im Traum)*. Hilfe! Zu Hilfe! die Mörder ...

(Er wirft sich auf dem Bett hin und her.)

Ihr Ruchlosen! Sechs gegen einen! ... Ich verliere all mein Blut! ... Gott, Gott!

(Er wacht schreiend auf. Marc fährt aus dem Schlaf und springt los; Astolphe taumelt auf die Beine und geht ihm an die Gurgel. Beide schreien und ringen. Gabriel wirft sich zwischen sie.)

GABRIEL. Halt, Astolphe! Kommen Sie zu sich: Sie träumen nur! ... Sie misshandeln meinen alten Diener.

(Er schüttelt ihn wach.)

ASTOLPHE *(lässt sich auf sein Bett fallen und wischt sich die Stirn)*. Was für ein furchtbarer Alptraum! Ja, jetzt erkenne ich Sie! Ich bin in kaltem Schweiß gebadet. Ich habe gestern Abend einen widerlichen Fusel getrunken. Kümmern Sie sich nicht um mich.

(Er streckt sich aus, um zu schlafen. Gabriel wirft seinen Mantel über Astolphe und setzt sich wieder auf sein Bett.)

GABRIEL. So träumen also die anderen auch! ... Dann kennen sie also die Unruhe, Verwirrung, die Furcht ... zumindest im Traum! Wer tief und fest schläft, hat nur eine rauere oder robustere Konstitution; nicht unbedingt eine festere Seele, eine ruhigere Phantasie. Ich weiß nicht, warum mich dieses Unwetter, das über ihn hereingebrochen ist, ein Stück weit aufgeheitert hat; mir ist, als könnte ich jetzt schlafen ... Mein Gott, ich habe keinen anderen Freund als dich! ... Seit dem Schicksalstag, an dem mir dieses verhängnisvolle Geheimnis enthüllt wurde, bin ich keinmal eingeschlafen, ohne meine Seele in deine Hände zu legen und ohne dich um Gerechtigkeit und Wahrheit zu bitten! ... Du schuldest mir mehr Hilfe und Schutz als jedem anderen, denn ich bin ein absonderliches Opfer ...!

(Er schläft ein.)

ASTOLPHE *(steht auf)*. Unmöglich, in Frieden zu schlafen; entsetzliche Bilder bestürmen mein Gemüt. Besser bleibe ich wach oder trinke eine Flasche von diesem Wein, den der barmherzige Büttel, von der Jugend und den Talern meines kleinen Vetters zu Tränen gerührt, hereingeschmuggelt hat ...

(Er sucht unter den Bänken, steht plötzlich neben Gabriels Bett.)

Dieses Kind schläft einen Engelsschlaf! Nun ja, in seinem Alter tut es gut zu schlafen, nach einem kleinen Abenteuer wie dem heute Abend. Und er hat wahrlich seinen Mann behänder getötet als ich meinen! und das mit einer Ruhe ... In diesen feinen blauen Adern, unter dieser weißen Haut fließt das Blut des alten Jules! ... wirklich ein hübscher Junge. Erzogen wie ein Fräulein, abgeschieden in einem alten Schloss, von einem alten Pedanten, dem Latein und Griechisch aus den Ohren herausquellen; das zumindest hat man mir erzählt ... Anscheinend ist diese Art Bildung so gut wie jede andere. Wie denn! Werde ich etwa rührselig wie der Wirt und der Büttel, weil er versprochen hat, meine Schulden zu bezahlen? Nicht doch! Ich will weiter offen mit ihm reden. Und doch spüre ich schon eine Zuneigung zu dem Knaben; ich mag Bravour in zarter Konstitution. Was ist schon daran, dass ich so furchtlos bin mit meinen Bauernmuskeln! Er dagegen trinkt womöglich nichts als Wasser. Würde ich es glauben, so tränke ich auch davon, und sei es nur für diesen Engelsschlaf! Aber da nun mal kein Wasser da ist ...

(Er nimmt die Flasche und stellt sie wieder hin.)

Na, was habe ich nur, dass ich ihn fast unwillkürlich so betrachte? Bei seinen fünfzehn, sechzehn Jahren, seinem Kinn, das glatt ist wie bei einer Frau, bilde ich mir ein ... Zu gerne hätte ich eine Geliebte, die ihm gleicht. Doch von dieser Schönheit wird eine Frau nie sein, diese Arglosigkeit, gepaart mit Kraft, oder zumindest dem Gefühl von Kraft ... Diese rosige Wange ist die einer Frau, aber diese breite, gerade Stirn ist die eines Mannes.

(Er schenkt sich ein und setzt sich, dreht sich dauernd nach Gabriel um. Trinkt.)

Die Faustina ist ein hübsches Mädchen ... doch so geziert sie sich auch gibt, diese Kreatur ist und bleibt unauslöschlich unverschämt ... Ihr Lachen vor allem geht mir auf die Nerven. Ein Kurtisanenlachen! Ich habe geträumt, sie würde mit Alberto zu Abend speisen; dazu ist sie, Donnerwetter, absolut fähig.

(Er betrachtet Gabriel.)

Hätte ich sie nur einmal so schlafen sehen, so wäre ich ehrlich verliebt in sie. Aber sie ist hässlich, wenn sie schläft! Als hätte sie in ihrer Seele etwas Hässliches, Grimmiges, das sie willentlich unter Kontrolle hält, wenn sie spricht oder singt, das sich aber zeigt, wenn ihr Wille vom Schlaf gefesselt ist ... Puh! Dieser Wein hat die Farbe von Blut ... er erinnert mich an meinen Alptraum ... Nun wirklich, ich werde den Wein leid, ich werde die Frauen leid, ich werde das Spiel leid ... Schon richtig, ich habe keinen Durst mehr, meine Taschen sind leer, und ich sitze im Gefängnis. Aber ich bin des Lebens, das ich führe, auch zutiefst überdrüssig; und meine Mutter sagte ja, Gott wird ein Wunder tun und ich werde zum Heiligen. Oh! Was sehe ich da? Wie hübsch! Mein kleiner Vetter trägt ein Medaillon; mal sehen, ob ich nicht ganz vorsichtig den Kragen seines Hemdes öffnen, das Band zerschneiden und das Amulett stehlen kann, damit er danach sucht, wenn er aufwacht ...

(Er tritt sachte an Gabriels Bett und streckt die Hand vor. Gabriel fährt aus dem Schlaf hoch und zieht den Dolch aus dem Wams.)

GABRIEL. Was wollen Sie? Fassen Sie mich nicht an, mein Herr, oder Sie sind ein toter Mann!

ASTOLPHE. Sapperlot! Was für ein grimmiges Erwachen, mein schöner Vetter! Fast hätten Sie mir die Hand aufgeritzt.

GABRIEL *(schroff, während er vom Bett springt)*. Aber was wollten Sie auch von mir? Was fällt Ihnen ein, mich so aus dem Schlaf zu reißen? Ein wirklich dummer Spaß.

ASTOLPHE. Ach, Vetter! Nur nicht gleich so böse. Es mag sein, dass ich ein dummer Spaßvogel bin, aber ich lasse es mir nicht so gerne sagen. Glauben Sie mir, verscherzen wir es uns nicht, bevor wir uns kennen. Wenn Sie es wissen wollen, mich hat die Reliquie an Ihrem Hals gereizt ... Ich habe vielleicht Unrecht; aber verlangen Sie keine Entschuldigung von mir, denn die bekommen Sie nicht.

GABRIEL. Wenn dieser Tand Sie reizt, so will ich ihn Ihnen gerne schenken. Auf dem Sterbebett hat ihn mein Vater mir um den Hals gelegt, und lange war er mir sehr kostbar; doch seit einiger Zeit liegt mir kaum mehr daran. Wollen Sie ihn?

ASTOLPHE. Nein! Was soll ich damit? Aber wissen Sie, dass das nicht gut ist, was Sie da sagen? Das Andenken Ihres Vaters sollte Ihnen heilig sein.

GABRIEL. Möglich! doch ein Ideal ... Und davon hat jeder die seinen!

ASTOLPHE. Nun, ich bin ja nur ein Nichtsnutz, aber ich möchte so nicht sprechen. Auch ich war sehr jung, als ich meinen Vater verloren habe; aber alles, was ich von ihm habe, ist mir kostbar.

GABRIEL. Das glaube ich wohl!

ASTOLPHE. Ich sehe schon, Sie sind in Gedanken weder bei dem, was Sie mir sagen, noch bei dem, was ich Ihnen antworte. Sie sind in Sorge? Nun denn! Müde vielleicht! Trinken Sie einen Becher Wein. Für Gefängniswein ist er gar nicht so übel.

GABRIEL. Ich trinke niemals Wein.

ASTOLPHE. Das dachte ich mir! Auf diese Weise wird Ihr Bart niemals wachsen, liebes Kind.

GABRIEL. Das ist gut möglich; der Bart macht nicht den Mann.

ASTOLPHE. Immerhin trägt er sehr dazu bei; und doch dürfen Sie davon halten, was Sie wollen. Ihr Kinn ist so weich wie meine Hand, und dabei sind Sie, glaube ich, tapferer als ich.

GABRIEL. Meinen Sie?

ASTOLPHE. Welch drolliger Knabe! Egal, ein bisschen Bart wird Ihnen gut stehen. Sie werden sehen, die Frauen betrachten Sie dann mit anderen Augen.

GABRIEL *(mit den Schultern zuckend)*. Die Frauen?

ASTOLPHE. Ja. Mögen Sie etwa auch Frauen nicht?

GABRIEL. Ich kann sie nicht leiden.

ASTOLPHE *(lacht)*. Haha, wie originell! Und was mögen Sie dann? Griechisch, Rhetorik, Geometrie, oder was?

GABRIEL. Nichts von alledem. Ich mag mein Pferd, Wind um die Ohren, Musik, Dichtung, Einsamkeit, Freiheit vor allen Dingen.

ASTOLPHE. Das ist ja alles sehr hübsch! Und dabei hätte ich Sie doch ein wenig für einen Freigeist gehalten.

GABRIEL. Ein wenig bin ich das auch.

ASTOLPHE. Aber ein Egoist sind Sie hoffentlich nicht?

GABRIEL. Ich weiß es nicht.

ASTOLPHE. Wie – mögen Sie niemanden? Haben Sie nicht einen Freund?

GABRIEL. Noch nicht; aber ich wünsche Sie zum Freund zu haben.

ASTOLPHE. Mich! Das ist ja sehr zuvorkommend von Ihnen; doch wissen Sie überhaupt, ob ich dessen würdig bin?

GABRIEL. Ich wünsche, dass Sie es sind. Mir scheint, Sie können nicht anders sein, nach dem, was ich für Sie zu sein vorhabe.

ASTOLPHE. Oh, sachte, sachte, mein Vetter. Sie haben angedeutet, Sie wollten meine Schulden bezahlen; ich habe erwidert: Gerne, wenn es Ihnen Spaß macht; doch jetzt sage ich: Nur keine Anflüge von Gönnerhaftigkeit bitte, und vor allem keine Moralpredigten. Es liegt mir nicht besonders viel daran, meine Schulden zu zahlen; und wenn Sie sie bezahlen, verspreche ich keineswegs, nicht neue zu machen. Das geht nur meine Gläubiger an. Ich weiß wohl, zur Ehre der Familie wäre ich besser ein solider Junge, würde mich nicht in Tavernen und dunklen Ecken herumtreiben, oder zumindest würde ich mich meinen Lastern im Verborgenen widmen …

GABRIEL. So meinen Sie also, ich würde um der Ehre der Familie willen helfen wollen?

ASTOLPHE. Möglich; in unserer Familie geschieht vieles aus Eigenliebe.

GABRIEL. Und mehr noch aus Rachsucht.

ASTOLPHE. Wie das?

GABRIEL. Ja; in unserer Familie hasst man sich, und das ist sehr traurig.

ASTOLPHE. Für meinen Teil hasse ich niemanden, das sage ich Ihnen offen. Der Himmel hat Sie reich und vernünftig gemacht; mich dagegen arm und verschwenderisch: Vielleicht war er dabei zu kategorisch. Besser hätte er dem Blut der Octaves ein wenig von der Sparsamkeit und Vernunft der Jules verliehen und dem Blut der Jules ein wenig Sorglosigkeit und Lustigkeit der Octaves. Und wenn Sie, wie es aussieht, melancholisch und dünkelhaft sind, dann sind mir mein Frohsinn und meine Herzlichkeit noch lieber als Ihre Langeweile und Ihr Reichtum. Sie sehen, ich habe keinen Grund, Sie zu hassen, denn ich habe keinen Grund, Sie zu beneiden.

GABRIEL. Hören Sie, Astolphe; Sie täuschen sich in mir. Es stimmt, ich bin von Natur aus melancholisch; aber dünkelhaft bin ich keineswegs. Wäre ich dazu veranlagt, so hätte das Beispiel meiner Vorfahren mich davon geheilt. Ich wirkte auf Sie, als wäre ich ein Stück weit Freigeist; ich bin es genug, um dieses Hirngespinst zu hassen und zu leugnen, das Abgrenzung, Hass und Unglück an die Stelle von Einheit, Sympathie und häuslichem Glück setzt.

ASTOLPHE. Das ist gut gesprochen. Auf dieser Grundlage nehme ich Ihre Freundschaft an. Aber verderben Sie es sich nicht mit dem alten Fürsten, meinem Großvater, wenn Sie mit mir verkehren?

GABRIEL. Ganz sicher wird es dazu kommen.

ASTOLPHE. So lassen wir es dabei bewenden, glauben Sie mir. Ich danke Ihnen für Ihre guten Absichten; Sie können sich darauf verlassen, dass Sie in mir einen Verwandten haben, der Sie schätzt, immer bereit ist, Ihnen zu Diensten zu sein, und die Gelegenheit dazu sucht; doch trüben Sie nicht Ihr Leben durch eine schwärmerische Freundschaft, bei der Nutzen und Freude ganz auf meiner Seite lägen, und alle Kämpfe und aller Kummer auf Sie zurückfielen. Das will ich nicht.

GABRIEL. Aber ich will es, Astolphe; hören Sie. Vor acht Tagen war ich noch ein Kind: Erzogen in einem alten Schloss mit Hauslehrer, Bibliothek, Falken und Hunden, wusste ich nichts von der Geschichte unserer Familie und dem Hass, der unsere Väter entzweite; nicht einmal Ihren Namen wusste ich, nicht einmal, dass Sie lebten. Ich vermute, man hatte mich so erzogen, um zu verhindern, dass ich eigene Vorstellungen, eigene Gefühle entwickelte; und man meinte, mir ganz und gar den vererbten Hass und Stolz einzuflößen, indem man mir bei einer ernsten Unterredung beibrachte, ich, das Kind, sei Oberhaupt, Hoffnung und Stütze einer erlauchten Familie, der Sie Feind, Last und Schande seien.

ASTOLPHE. Das hat der alte Jules gesagt? Welch feige Frechheit des Reichtums!

GABRIEL. Lassen Sie den Greis in Ruhe; er ist genug gestraft, weil Trauer, Furcht und Ärger ihm seine letzten Tage zerfressen. Als man mir das alles mitgeteilt hatte, als man mir gesagt hatte, ich müsse nach dem Recht meiner Geburt auf ewig mit meinem Fuß Ihren Kopf in den Staub drücken, mich an Ihrer Erniedrigung erfreuen und mich Ihrer Schmach rühmen, da ließ ich mein Pferd satteln und befahl meinem alten Diener, mir zu folgen; ich nahm die Gelder, die mein Großvater für meine Reisen an die verschiedenen Höfe bestimmt hatte, an die er mich entsenden wollte, damit ich das Handwerk des Ehrgeizes lerne, und kam hierher zu Ihnen, um dieses Geld mit Ihnen auf Bildungsreisen zu verwenden oder auf jugendliche Vergnügen, wie Sie es wünschen. Ich habe mir gesagt, meine Offenheit würde Sie überzeugen und all Ihre eitlen Skrupel zerstreuen; Sie würden meinen tiefempfundenen Drang verstehen, zu lieben und geliebt zu werden; Sie würden brüderlich mit mir teilen; und Sie würden mich nicht zwingen, mich in das Leben der Dünkelhaften zu stürzen, indem Sie sich selbst dünkelhaft zeigten und ein aufrichtiges Herz zurückwiesen, das Sie sucht und Sie anfleht.

ASTOLPHE *(mit überschwänglichen Küssen)*. Wirklich, du bist ein nobles Kind; es steckt mehr Entschlossenheit, Weisheit und Rechtschaffenheit in deinem jungen Kopf, als es in unserer gesamten Familie je gegeben hat. Nun, ich will: Wir werden Brüder sein, und der alte Zwist unserer Väter soll uns nicht weiter bekümmern. Gemeinsam werden wir durch die Welt reisen, und wir werden uns gegenseitig Zugeständnisse machen, um immer einverstanden zu sein: Ich werde etwas weniger toll, du ein bisschen weniger brav. Dein Großvater kann dich nicht enterben: Du wirst dich tadeln lassen, und wir werden uns vor seinen Augen lieben. Meine ganze Rache für seinen Hass soll darin bestehen, dass ich dich von ganzem Herzen liebe.

GABRIEL *(reicht ihm die Hand)*. Danke, Astolphe; Sie nehmen mir eine schwere Last von der Brust.

ASTOLPHE. Dann warst du also gestern Abend in der Taverne, weil du mich treffen wolltest?

GABRIEL. Man hatte mir gesagt, Sie seien jeden Abend dort.

ASTOLPHE. Lieber Gabriel! Und fast wärst du in dieser Spelunke ermordet worden! Und vielleicht auch ich, hättest du mir nicht geholfen! Ach, nie wieder werde ich dich diesen niederträchtigen Gefahren aussetzen; ich spüre schon, für dich werde ich die Umsicht pflegen, die ich für mich selbst nie hatte. Verbunden mit deinem, wird mir mein Leben wertvoller erscheinen.

GABRIEL *(tritt ans Gitter vor dem Fenster)*. Sieh doch: Es wird Tag: Schau, Astolphe, wie die Sonne die Fluten rötet, während sie aus ihrem Schoß aufsteigt. Möge unsere Freundschaft genauso rein sein, genauso schön wie der Tag, von dem diese Morgenröte mit ihrem Glanz kündet!
(Wächter und Anführer der Büttel treten ein.)

ANFÜHRER DER BÜTTEL. Meine Herren, als der Polizeichef Ihre Namen erfuhr, befahl er, Sie auf der Stelle freizulassen.

ASTOLPHE. Umso besser, Freiheit ist immer angenehm: Sie ist wie guter Wein – um davon zu trinken, wartet man nicht, bis man durstig ist.

GABRIEL. Los, alter Marc, wach auf. Unsere Gefangenschaft ist schon zu Ende.

MARC *(leise zu Gabriel)*. Wie denn, mein liebster Herr, Sie wollen Arm in Arm mit Herrn Astolphe hinausgehen? … Was wird Seine Hoheit sagen, wenn man ihm das berichtet …

GABRIEL. Seine Hoheit wird noch viel Grund haben zu staunen. Ich habe es ihm versprochen: Ich werde mich benehmen wie ein Mann!

Teil 2

In Astolphes Haus

Szene 1

ASTOLPHE, FAUSTINA
(Astolphe in aufwändigem Kostüm beendet vor einem großen Spiegel seine Toilette. In großem Putz tritt auf Zehenspitzen die Faustina ein und betrachtet ihn. Astolphe probiert mit viel Sorgfalt mehrere verschiedene Hüte.)

FAUSTINA *(beiseite)*. Hat je eine Frau so viel Sorgfalt auf ihre Toilette verwendet und mit so viel Vergnügen sich selbst betrachtet? Was für ein eitler Fatzke!

ASTOLPHE *(sieht Faustina im Spiegel. Beiseite)*. Ach! Ich sehe dich sehr gut, Last meiner Börse, Feindin meines Seelenheils! Da kommst du also wieder gelaufen! Zur Abwechslung will ich einmal dich ein bisschen ärgern.
(Er wirft mit übertriebenem Unmut seinen Hut weg und ordnet pedantisch sein Haar.)

FAUSTINA *(setzt sich und sieht ihm zu. Immer noch beiseite)*. Nur zu! Bewundere dich, du alter Beau! Und da soll noch einer sagen, Frauen wären kokett! Er geruht sich nicht einmal umzudrehen.

ASTOLPHE *(beiseite)*. Ich wette, sie wird langsam ungeduldig. Nun, so bald bin ich noch nicht fertig.
(Er probiert wieder seine Hüte.)

FAUSTINA *(beiseite)*. Noch einer! ... Eines steht fest: Er sieht gut aus, deutlich besser als Antonio; und man kann sagen, was man will, nichts bringt einen so zur Geltung wie am Arm eines schönen Kavaliers zu gehen. Das schmückt einen besser als alle Juwelen der Welt. Wie schade, dass all diese Alkibiades-Imitate so schnell ruiniert sind! Dieser hier kann einer Frau nicht einmal mehr eine Gürtelschnalle oder einen Schultergurt schenken!

ASTOLPHE *(gibt vor, mit sich selbst zu reden)*. Wie kann man so eine Feder auf ein Barett montieren! Diese Leute denken immer, sie würden Studenten aus Pavia ausstatten!

(Er reißt die Feder aus und wirft sie zu Boden. Faustina hebt sie auf.)

FAUSTINA *(beiseite)*. Eine herrliche Feder! und der Kostümverleiher wird sie sich von ihm bezahlen lassen. Woher nimmt er nur das Geld, um sich so kostbare Gewänder zu leihen?

(Sie sieht sich um.)

Nanu! Das hatte ich gar nicht gemerkt! Diese Wohnung ist ja ganz verändert! Was für ein Luxus! Geradezu ein Palast. Die Spiegel! Die Gemälde!

(Sie betrachtet das Möbel, auf dem sie sitzt.)

Ein nagelneues Samtsofa, mit Fransen aus feinem Gold! Hat er womöglich geerbt? Oh, mein Gott, und ich bin seit acht Tagen ... Wie blind ich nur sein muss! Ein so schöner Junge!

(Sie zieht einen kleinen Spiegel aus der Tasche und zupft an ihrem Hut.)

ASTOLPHE *(beiseite)*. Leider ist das vollkommen zwecklos! Ich wandle auf dem Pfad der Tugend.

FAUSTINA *(steht auf und tritt zu ihm)*. Bitte sehr, Treuloser! Wann wird der schöne Narziss wohl geruhen, den Blick von seinem Spiegel abzuwenden?

ASTOLPHE *(ohne sich umzudrehen)*. Ach, du bist's, Kleine?

FAUSTINA. Lassen Sie doch diesen gönnerhaften Ton, und sehen Sie mich an.

ASTOLPHE *(ohne sich umzudrehen)*. Was willst du? Ich habe es eilig.

FAUSTINA *(zieht ihn am Arm)*. Aber wirklich, erkennen Sie nicht meine Stimme, Astolphe? Ihr Spiegel nimmt Sie ganz in Beschlag!

ASTOLPHE *(dreht sich langsam um und mustert sie gleichgültig)*.

Nun! Was gibt's? Ich sehe Sie ja an. Sie sind nicht übel angetan. Wo verbringen Sie den Abend?

FAUSTINA *(beiseite)*. Er will mich kränken? Die Eifersucht wird
ihn vom hohen Ross herunterholen. Geben wir uns selbst-
sicher.

(Laut.)

Ich speise bei Ludovic.

ASTOLPHE. Das freut mich; auch ich werde später dort sein.

FAUSTINA. Dann wundere ich mich nicht mehr über diese
prächtige Aufmachung. Es wird ein großartiges Fest. Die
schönsten Mädchen der Stadt sind eingeladen; jeder Kavalier
bringt seine Geliebte mit. Und du siehst, mein Kostüm ist
nicht von schlechtem Geschmack.

ASTOLPHE. Ein bisschen schäbig! Ist das Antonios Geschmack?
Wo bleibt denn da seine übliche Freigebigkeit? Offenbar,
meine arme Faustina, wird er deiner langsam überdrüssig?

FAUSTINA. Eher bin ich es, die seiner überdrüssig wird.

ASTOLPHE *(probiert Handschuhe)*. Armer Junge!

FAUSTINA. Tut er Ihnen leid?

ASTOLPHE. Sehr, er hat eine Pechsträhne. Letzte Woche ist sein
Onkel gestorben, und heute Morgen bei der Jagd hat das
Wildschwein seinen besten Hund zerfleischt.

FAUSTINA. Genau wie ich: Heute Morgen hat mein Kammer-
mädchen meine japanische Porzellanfigur zerbrochen, vor-
gestern hat sich mein Wellensittich vergiftet, und dich habe
ich die ganze Woche nicht gesehen.

ASTOLPHE *(gibt vor, er hätte sich verhört)*. Was sagst du von
Célimène? Ich habe gestern bei ihr gespeist. Und du, wo
speist du morgen?

FAUSTINA. Bei dir.

ASTOLPHE. Meinst du?

FAUSTINA. Das ist nur so ein Einfall.

ASTOLPHE. Ich dagegen habe einen anderen.

FAUSTINA. Nämlich?

ASTOLPHE. Ich ziehe mich aufs Land zurück, mit einer reizenden Person, die ich dieser Tage erobert habe.

FAUSTINA. Ach! Bestimmt Eufémia?

ASTOLPHE. Ach was!

FAUSTINA. Célimène?

ASTOLPHE. Wie das!

FAUSTINA. Francesca?

ASTOLPHE. Besten Dank!

FAUSTINA. Aber wer dann? Ich kenne sie nicht.

ASTOLPHE. Niemand hier kennt sie. Es ist ein argloses Ding,
ganz frisch vom Dorf. Hübsch wie die Liebe, scheu wie ein
Reh, weise und treu wie …

FAUSTINA. Wie du?

ASTOLPHE. Ja, wie ich; und das will etwas heißen, denn ich gehöre ihr fürs Leben.

FAUSTINA. Mein Glückwunsch … Wir werden sie ja heute
Abend sehen, hoffe ich?

ASTOLPHE. Ich glaube nicht … Oder doch, vielleicht.
(Beiseite.)
Oh, was für eine gute Idee!
(Laut.)
Ja, ich möchte sie gerne zu Ludovic ausführen. Der tapfere
Künstler wird es mir danken, wenn ich ihm dieses Meister-
werk der Natur vorführe, und er wird sofort ihre Statue fer-
tigen wollen … Doch das lasse ich nicht zu; ich bin eifersüch-
tig auf meinen Schatz.

FAUSTINA. Pass auf, dass er sich nicht in nichts auflöst, wie dein
Geld sich in nichts aufgelöst hat. Nun ja, dann adieu; ich war
gekommen, um dir vorzuschlagen, heute Abend mein Kavalier zu sein. Ich wollte damit Antonio eins auswischen. Aber
da du schon eine Dame hast, gehe ich zu Menrique, der ist
ganz verrückt nach mir.

ASTOLPHE *(etwas erregt).* Menrique?
(Er hat sich schon wieder im Griff.)

Die beste Wahl, die du treffen kannst. Dann also auf Wiedersehen!

FAUSTINA *(beiseite, im Gehen)*. Pah, er ist so ruiniert wie nie. Wahrscheinlich hat er für seine neue Flamme das letzte Stückchen seines Erbes verpfändet. In acht Tagen sitzt der Seigneur im Gefängnis und das Mädchen auf der Straße. *(Ab.)*

Szene 2

ASTOLPHE *(allein)*. Ausgerechnet mit Menrique! dem ich Dummkopf zugegeben habe, dass ich dieses Mädchen beinahe ernst genommen habe ... Ich bräuchte nur ein Wort zu sagen, und sie käme zurück ...
(Er geht zur Tür, kommt wieder.)
Oh nein, nicht so feig. Gabriel würde mich verachten, und das zu Recht. Der gute Gabriel! Sein zauberhafter Charakter! Seine freundliche Gesellschaft! Wie er all meinen Launen nachgibt, und selbst hat er keine einzige, ist immer so brav, so rein! Ungerührt und ohne Kleingeistigkeit sieht er zu, wie ich weiter dieses ausgelassene Leben führe. Er macht mir nie einen Vorwurf, und ich brauche nur eine Idee zu äußern, schon übertrifft er meine Wünsche und verschafft mir Geld, Wagen, Mätresse, Luxus jeglicher Art. Ich wollte, er würde wenigstens an meinen Vergnügungen teilnehmen; doch leider fürchte ich, dass all das ihn gar nicht amüsiert und dass die Heiterkeit, mit der er mir manchmal begegnet, nur das Heldentum der Freundschaft ist. Dabei würde ich mich, wenn ich mir da sicher wäre, auf der Stelle bessern; ich würde Bücher kaufen, mich in die klassischen Autoren vertiefen; ich ginge zur Beichte; ich weiß nicht, was ich für ihn nicht täte! ... Aber er braucht wirklich lange für seine Toilette.

(Er klopft an die Tür von Gabriels Zimmer.)
Na, mein Freund, bist du fertig? Noch nicht. Lass mich herein, ich bin alleine. Nein? Nun gut, ganz wie du willst.
(Er kommt zurück.)
Er schließt sich wirklich ein wie ein Fräulein. Er will, dass ich ihn im vollen Glanz seines Kostüms sehe. Bestimmt ist er bezaubernd als Mädchen; die Faustina hat ihn noch nicht gesehen, sie wird darauf hereinfallen, und alle werden sie vor Neid platzen. Dabei ist es ihm wirklich schwergefallen, sich zu dieser Tollheit zu entschließen. Der liebe Gabriel! Das Kind hier bin ich, und er ein Mann, ein Weiser voller Nachsicht und Ergebenheit!
(Er reibt sich die Hände.)
Oh, wie werde ich mich auf Faustinas Kosten unterhalten! Wie kann sie auch so ein schamloses Geschöpf sein! Letzte Woche Antonio, heute Menrique! Wie schnell verrennt sich doch die Frau auf den Pfad ins Laster! Wir dagegen wissen, wir können immer innehalten; sie aber taumeln haltlos auf diesem fatalen Weg nach unten, und wenn wir glauben, wir würden ihnen wieder aufhelfen, beschleunigen wir nur ihren Sturz auf den Boden des Abgrunds. Meine Kameraden haben Recht; ich gelte zwar als der übelste Gefährte der Stadt, dabei bin ich von allen am wenigsten durchtrieben. Ich habe Anwandlungen von Empfindsamkeit, ich träume von schwärmerischer Liebe, und wenn ich ein nichtswürdiges Geschöpf im Arm halte, möchte ich mir einreden, ich würde sie lieben. Bestimmt hat Antonio sich mit dieser elenden Irren gut über mich lustig gemacht! Ich hätte sie heute Abend zurückhalten und mit beiden losziehen sollen, mit Gabriel in seiner Verkleidung und mit ihr, auf den Lippen den Vers: *Zwei Frauen sind besser als eine.* Dann hätte ich mit Faustina Antonio geärgert, mit Gabriel Faustina ... Na los, vielleicht ist noch Zeit ... Sie hat gelogen, sie hätte es nie gewagt, einfach so zu Menrique zu gehen ... So dreist ist sie

doch nicht! Bis Gabriel mit seiner Verkleidung fertig ist, kann ich zu ihr laufen; es ist ja ganz nah.

(Er hüllt sich in seinen Mantel.)

Kann eine Frau so tief herabsinken, dass sie für uns nur noch ein Gegenstand ist, den unsere Eitelkeit vorführt wie ein Möbelstück oder ein Gewand!

(Ab.)

Szene 3

GABRIEL *(tritt in sehr eleganter Frauenkleidung langsam aus seinem Zimmer.)*

PÉRINNE *(folgt ihm neugierig und mit gierigem Blick.)*

GABRIEL. Das ist alles, Frau Périnne, ich brauche Sie nicht mehr. Hier, für Ihre Mühe.

(Er gibt ihr Geld.)

PÉRINNE. Euer Gnaden, Ihr seid zu gut. Eure Herrschaft werden allen Frauen gefallen, jungen und alten, reichen und armen; denn wo schon der Himmel Euch so reichlich bedacht hat, seid Ihr von einer Erhabenheit …

GABRIEL. Schon gut, schon gut, Frau Périnne. Guten Abend!

PÉRINNE *(stopft sich das Geld in die Tasche).* Das ist wirklich zu teuer bezahlt! Eure Hoheit haben mir nicht einmal erlaubt zu helfen … Ich habe doch nur Gürtel und Armreifen umgelegt. Sollte ich mir für Eure Durchlaucht einen letzten Ratschlag erlauben, so würde ich sagen, der Spitzenkragen reicht zu hoch; Ihr habt einen weißen, runden Hals wie eine Frau, und die Schultern kämen unter diesem durchsichtigen Schleier gut zur Geltung.

(Sie will das Tuch zurechtrücken, Gabriel wehrt sie ab.)

GABRIEL. Genug, sage ich; zu einer so ernsten Beschäftigung darf ein Zeitvertreib nicht werden. Ich finde mich gut so.

PÉRINNE. Das glaube ich gerne! Ich kenne mehr als eine große Dame, die Eure Hoheit um die feine Taille und die alabasterweiße Haut beneiden dürfte!

(Gabriel winkt ungeduldig ab. Périnne, mit lächerlichen tiefen Verbeugungen, beiseite:)

Ich verstehe gar nichts. Er spielt den Streich mit; aber was für eine unzähmbare Scham! Er muss wohl Hugenotte sein!

Szene 4

GABRIEL *(allein, tritt an den Spiegel)*. Welche Qual ist mir dieses Gewand! Alles stört mich, erstickt mich. Dieses Korsett ist eine Folter, und ich fühle mich so ungeschickt! ... Ich habe noch nicht gewagt, mich anzusehen. Der neugierige Blick dieser Alten hat mich vor Angst erstarren lassen! ... Dabei hätte ich ohne sie gar nicht gewusst, wie ich mich ankleiden soll.

(Vor dem Spiegel entfährt ihm vor Überraschung ein Schrei.)

Mein Gott! Bin das ich? Sie meinte, ich gäbe ein hübsches Mädchen ab ... Ist das wahr?

(Er betrachtet sich lange schweigend.)

Solche Frauen schmeicheln einem, damit man ihnen Geld gibt ... Wird Astolphe mich nicht linkisch und lächerlich finden? Dieses Gewand ist ungehörig ... Diese Ärmel sind zu kurz! ... Ah, ich habe ja Handschuhe! ...

(Er legt die Handschuhe an und zieht sie bis über die Ellbogen.)

Was ist das nur für eine absonderliche Laune! Ihm kommt das ganz einfach vor! ... Und ich Wahnwitziger konnte trotz allem Widerstreben, diese Kleider anzulegen, dem dummen Wunsch nicht widerstehen, einmal diese Erfahrung zu machen! ... Wie werde ich wohl auf ihn wirken? Ich muss ganz ohne Anmut sein! ...

(*Er versucht vor dem Spiegel ein paar Schritte zu machen.*)
Dabei sieht das gar nicht so schwierig aus.

(*Er versucht seinen Fächer zu schwingen und zerbricht ihn.*)
Oh! Davon jedenfalls verstehe ich nichts. Aber könnte eine Frau nicht auch ohne diese Tändeleien gefallen?

(*Er bleibt gebannt vor dem Spiegel stehen.*)

Szene 5

GABRIEL (*vor dem Spiegel.*)
ASTOLPHE (*tritt leise ein.*)

ASTOLPHE (*beiseite*). Die Unglückliche hatte gelogen! Sie geht mit Antonio! Nun soll nur Gabriel nicht erfahren, dass ich diese Dummheit gemacht habe!

(*Er schließt vorsichtig die Tür und dreht sich um; sieht Gabriel, der ihm den Rücken zudreht.*)
Was sehe ich da! Wer ist dieses hübsche Mädchen? ... Ach! Gabriel! ... Ich habe dich nicht erkannt, mein Ehrenwort!

(*Gabriel, sehr verlegen, errötet und verliert die Contenance.*)
Ach, mein Gott! Ich träume! Wie liebreizend du bist! ... Gabriel, bist du es? ... Hast du eine Zwillingsschwester? Das ist nicht möglich ... mein Kind! ... Meine Liebste! ...

GABRIEL (*sehr erschrocken*). Was hast du denn, Astolphe? Du siehst mich so befremdlich an.

ASTOLPHE. Aber wie sollte ich auch nicht verstört sein? Sieh dich doch an. Hältst du dich nicht selbst für ein Mädchen?

GABRIEL (*erregt*). Dann hat diese Périnne mich also gut verkleidet?

ASTOLPHE. Périnne ist eine Fee. Mit einem Schlag ihres Zauberstabs hat sie dich in eine Frau verwandelt. Ein Wunder, und wenn ich dich beim ersten Mal so gesehen hätte, hätte ich nie geahnt, von welchem Geschlecht du bist ... Ha! Ich hätte mich kopflos verliebt.

GABRIEL *(lebhaft)*. Wirklich, Astolphe?

ASTOLPHE. So wahr ich für immer dein Bruder und Freund bin, du wärst im Nu meine Geliebte und meine Frau, wenn ... Wie du errötest, Gabriel! Aber weißt du, dass du errötest wie ein Mädchen? ... Du hast ja hoffentlich keine Schminke aufgelegt?

(Er berührt seine Wangen.)

Nein. Du zitterst?

GABRIEL. Mir ist kalt, ich bin diese leichten Stoffe nicht gewohnt.

ASTOLPHE. Kalt! Dabei glühen deine Hände! ... Du bist doch nicht krank? ... Was bist du doch für ein Kind, mein kleiner Gabriel! Diese Verkleidung bringt dich ganz durcheinander. Wüsste ich nicht, dass du ein Freigeist bist, würde ich dich für einen Frömmler halten, der meint, er würde sich versündigen ... Oh, wir werden uns köstlich amüsieren! Alle Männer werden sich in dich verlieben, und die Frauen werden dir vor Wut die Augen auskratzen wollen. Was haben Sie nur für schöne schwarze Augen! Ich weiß nicht, wo mir der Kopf steht. Du täuschst mich derart, dass ich nicht mehr wage, dich zu duzen! ... Ach, Gabriel! Warum gibt es nicht eine Frau, die so ist wie du?

GABRIEL. Du bist verrückt, Astolphe; du denkst nur an die Frauen.

ASTOLPHE. Und woran, zum Teufel, soll ich in meinem Alter sonst auch denken? Ich begreife nicht, dass du noch etwas anderes im Kopf hast!

GABRIEL. Dabei sagtest du mir noch heute Morgen, du verabscheust sie.

ASTOLPHE. Ich verabscheue wohl die, die ich kenne; denn ich kenne nur Mädchen mit schlechtem Lebenswandel.

GABRIEL. Warum suchst du nicht ein ehrbares, sanftes Mädchen? Eine Person, die du heiraten kannst, also für immer lieben?

ASTOLPHE. Ehrbare Mädchen! Oh ja, solche kenne ich; aber schon, wenn ich sie nur auf dem Weg in die Kirche vorbeischleichen sehe, muss ich gähnen. Was soll ich denn mit einem kleinen Dummchen, das nichts kann außer sticken und sich bekreuzigen? Es gibt da auch ein paar Kokette und Aufgeweckte, die einem vom Weihwasserbecken her verzehrende Blicke zuwerfen. Die sind schlimmer als unsere Kurtisanen; denn sie sind stets eitel und daher käuflich; verdorben und daher scheinheilig; da ist die Faustina noch besser, die einem dreist ins Gesicht sagt: Ich gehe zu Menrique oder zu Antonio, als die Frau mit dem ehrbaren Ruf, die einem ewige Liebe schwört, die einen aber schon gestern betrogen hat und nur darauf wartet, einen morgen zu betrügen.

GABRIEL. Wenn du dieses Geschlecht so sehr verachtest, kannst du es doch nicht lieben!

ASTOLPHE. Aber ich liebe es aus einem natürlichen Drang heraus. Ich dürste nach Liebe! Im Kopf und im Herzen habe ich das Ideal einer Frau! Und diese Frau ist so wie du, Gabriel. Ein Wesen, das vernünftig ist und einfach, aufrecht und fein, mutig und schüchtern, großzügig und stolz. Diese Frau sehe ich in meinen Träumen, und sie ist groß, weiß, blond, so wie du mit deinen schönen schwarzen Augen und diesem seidigen, duftenden Haar. Mach dich nicht lustig über mich, mein Freund; lass mich faseln, wir haben Karneval. Jeder legt das Bild dessen an, was er sein oder besitzen möchte: Der Diener verkleidet sich als Herr, der Tor als Gelehrter; ich verkleide dich als Frau. Ich Ärmster erschaffe mir einen eingebildeten Schatz, und ich betrachte dich mit halb traurigem, halb berauschtem Blick. Ich weiß wohl, morgen werden deine hübschen Füße wieder in Stiefeln verschwinden, und deine Hand wird schroff und brüderlich die meine drücken. Bis dahin würde ich am liebsten diese ach so weiche Hand küssen ... Wirklich, deine Hand ist nicht größer als die einer Frau, und dein Arm ... Lass mich deinen Handschuh küssen! ... dein Arm ist so wunderbar rund ... Na, meine Allerschönste, Sie sind von scheuer Tugend! ... Ja, du spielst deine Rolle wie ein Engel: Du ziehst die Handschuhe hoch, du verlierst die Contenance! Wunderbar! Und jetzt geh ein bisschen, mach kleine Schrittchen.

GABRIEL *(gewollt heiter)*. Du wirst mich so wenig wie möglich gehen und sprechen lassen; denn meine Stimme poltert, und ich muss auch ziemlich ohne Anmut sein.

ASTOLPHE. Deine Stimme klingt voll, aber sanft; nur bei wenigen Frauen ist sie so angenehm; und dein Gang, glaub mir: Er ist so niedlich in seinem Ungeschick. Ich stelle dich als Naive vor; also mach dir keine Sorgen um deine Manieren.

GABRIEL. Aber deine ideale Frau hat doch sicherlich bessere?

ASTOLPHE. Nun – keineswegs. Wenn ich dich so sehe, erkenne ich, dass dieses Ungeschick sehr viel anziehender ist als alle Meisterschaft der Koketten. Deine Verkleidung ist zauberhaft! Hat die Périnne sie ausgesucht?

GABRIEL. Nein! Sie hatte mir neulich ein Zigeunerkleid mitgebracht; ich habe sie extra für mich dieses weiße Seidenkleid nähen lassen.

ASTOLPHE. Und diese einfache Toilette und diese Perlen kleiden dich besser als all die bunt aufgedonnerten Frauen, die dir die Palme streitig machen wollen. Aber wer hat dir diesen Kranz aus weißen Rosen auf die Stirn gesetzt? Weißt du, dass du den Marmorengeln unserer Kathedralen gleichst? Wer hat dich auf dieses Kostüm gebracht, das so einfach ist und zugleich so gewählt?

GABRIEL. Ein Traum, den ich ... vor einiger Zeit hatte.

ASTOLPHE. Sieh an! Du träumst also von Engeln? Na, dann wach nicht auf, denn im wirklichen Leben wirst du nur Frauen finden! Mein armer Gabriel, bleib dabei, wenn du kannst, und liebe nicht. Welche Frau wäre deiner würdig? Ich denke, der Tag, an dem du lieben wirst, wird für mich ein Tag der Trauer – und der Eifersucht.

GABRIEL. Sag, aber sollte nicht ich eifersüchtig sein auf die Frauen, denen du nachläufst?

ASTOLPHE. Oh, da hättest du Unrecht! Dafür gibt es keinen Grund! Unten klopft es. – Schnell, nimm deine Rolle ein.

(Er horcht auf die Stimmen von der Treppe.)

Gelobt sei Gott! Das sind Antonio und die Faustina. Sie kommen uns abholen. Schnell, deine Maske! … deinen Mantel! … ein Mantel aus rosa Satin, schwanenweiß gefüttert! Zauberhaft! … Gehen wir, lieber Gabriel! Jetzt, wo ich nicht mehr dein Gesicht sehe und nicht deine Arme, weiß ich nicht mehr, dass du mein Gefährte bist … Komm! … entspann dich. Los, auf ins Vergnügen!

(Beide ab.)

Szene 6

Bei Ludovic. – Ein halb erleuchtetes Boudoir mit reich verzierter Galerie; dahinter ein funkelnder Salon.

GABRIEL *(im Frauenkostüm, sitzt auf einem Sofa.)*

ASTOLPHE *(tritt ein, an seinem Arm Faustina.)*

FAUSTINA *(in bissigem Ton)*. Ein Boudoir? Oh! Wie hübsch! Aber eine ist hier zu viel.

GABRIEL *(kühl)*. Ganz richtig, meine Dame, ich überlasse Ihnen den Platz.

(Er steht auf.)

FAUSTINA. Dabei sind Sie angeblich gar nicht eifersüchtig!

ASTOLPHE. Das wäre auch völlig unangebracht! Ich habe ihr schon gesagt, sie kann ganz beruhigt sein.

GABRIEL. Ich bin weder besonders eifersüchtig noch sehr beruhigt; aber ich gebe mich der gnädigen Dame geschlagen.

FAUSTINA. Ich bitte Sie, bleiben Sie, meine Dame ...

ASTOLPHE. Ich bitte dich, nenn sie Fräulein und nicht Dame.

FAUSTINA *(laut lachend)*. Ach ja, Fräulein! Du wärst auch wirklich dumm, mein armer Astolphe!

ASTOLPHE. Lach, so viel du willst; wenn ich dich noch Fräulein
nennen könnte, würde ich dich vielleicht noch lieben.

FAUSTINA. Und das fände ich sehr ärgerlich, denn diese Liebe
wäre zum Sterben langweilig.
(Zu Gabriel.)
Amüsiert Sie platonische Liebe?
(Beiseite.)
Wirklich, sie errötet wie die Unschuld in Person. Wo zum
Teufel hat Astolphe sie nur aufgegabelt?

ASTOLPHE. Faustina, glaubst du meinem Ehrenwort?

FAUSTINA. Natürlich.

ASTOLPHE. Na dann! Ich schwöre dir bei meiner Ehre (nicht bei
deiner!), dass sie nicht meine Geliebte ist und dass ich sie respektiere wie meine Schwester.

FAUSTINA. Du willst sie also heiraten? Dann bist du schön
dumm, sie hierher zu bringen; denn hier wird sie vieles lernen, was sie besser nicht wissen sollte.

ASTOLPHE. Im Gegenteil, es wird ihr Abscheu vor dem Laster
einflößen, wenn sie dich und deinesgleichen sieht.

FAUSTINA. Dann sollte diese Abscheu wohl besonders tief sitzen – hast du mich deshalb mit deinen höchst unmoralischen
Absichten hierher geführt? Meine Dame ... oder mein Fräulein ... glauben Sie mir, er hat nicht damit gerechnet, Sie auf
diesem Sofa vorzufinden. Ich habe kein Ehrenwort zu vergeben, aber Ihr Herr Verlobter hat eines; lassen Sie es sich
geben! ... soll er doch wagen zu berichten, warum er mich
hierher führt! Sie können aber bleiben; schließlich will Astolphe Ihnen eine Lektion in Tugend erteilen.

GABRIEL *(zu Astolphe)*. Ich kann solche schamlosen Reden nicht länger ertragen; ich ziehe mich zurück.

ASTOLPHE *(leise)*. Wie gut du dein Theater spielst! Man denkt, du wärst eine überaus prüde junge Lady.

GABRIEL *(leise zu Astolphe)*. Ich versichere dir, ich spiele kein Theater. Das alles hier widert mich an, lass mich gehen. Du bleib; lass dich meinetwegen nicht von deinen Vergnügungen abhalten.

ASTOLPHE. Nein, bei allen Teufeln! Ich möchte diese dumme Gans für ihre Unverschämtheit bestrafen!
(Laut.)
Faustina, geh, lass uns allein. Ich wollte mich an Antonio rächen; aber dann war da meine Verlobte; ich denke nur noch an sie. Besten Dank für die Absicht; und guten Abend.

FAUSTINA *(wütend)*. Du würdest es verdienen, dass ich den Blumenkranz dieser angeblichen Verlobten mit Füßen trete; wahrscheinlich ist sie schon Witwe von mehr Männern, als du Frauen verraten hast.
(Sie baut sich drohend vor Gabriel auf.)

ASTOLPHE *(sie zurückdrängend)*. Fausta! Wärst du so unglücklich, ihr auch nur ein einziges Haar zu krümmen, so würde ich dir die Hände hinter den Rücken binden, meinen Kammerdiener rufen und dir den Kopf scheren lassen.
(Faustina fällt auf das Sofa, von Krämpfen geschüttelt. Gabriel tritt zu ihr.)

GABRIEL. Astolphe, es ist schlecht, eine Frau so zu behandeln. Sieh doch, wie sie leidet!

ASTOLPHE. Vor Wut, nicht vor Schmerz. Beruhige dich, diese Krankheit ist sie gewohnt.

GABRIEL. Astolphe, diese Wut ist der schlimmste aller Schmerzen. Du hast sie provoziert, jetzt darfst du sie nicht so schroff zurückweisen. Sag ihr ein Wort des Trostes. Du hattest sie zum Vergnügen hierher geführt, nicht um sie zu beleidigen.
(Faustina gibt vor, in Ohnmacht zu fallen.)

Meine Dame, kommen Sie zu sich; das alles ist nur ein Scherz. Ich bin gar keine Frau; ich bin Astolphes Vetter.

ASTOLPHE. Mein guter Gabriel, du bist wirklich verrückt!

FAUSTINA *(langsam zu sich kommend).* Wirklich, sind Sie der Fürst von Bramante? Das kann nicht sein! ... Aber doch, ich erkenne Sie. Ich habe Sie neulich auf dem Pferd vorbeireiten sehen, und Sie reiten besser als Astolphe, besser sogar als Antonio, dabei hatte der mir allein schon damit gefallen.

ASTOLPHE. Was für eine Erklärung! Ich hoffe, du verstehst, Gabriel, und du wirst deinen Vorteil zu nutzen wissen. So etwas! Faustina, du bist ein gutes Mädchen, verrate unsere Verkleidung nicht. Du bist darauf hereingefallen. Versuch, nicht die Einzige zu sein, das wäre peinlich für dich.

FAUSTINA. Ich werde mich hüten! Ich will, dass Antonio genarrt wird, so grausam es nur geht; denn er ist jetzt schon hoffnungslos in den Herrn verliebt.

(Zu Gabriel.)

Gut! Ich sehe, wie er von da hinten im Salon nach Ihnen schielt. Ich werde Sie küssen, um ihn in seinem Irrtum zu bestärken.

GABRIEL *(weicht vor dem Kuss zurück).* Danke nein! Ich will meinem Vetter nicht ins Gehege kommen.

FAUSTINA. Oh! Wie tugendhaft! Ist er ein Frömmler? Das ist ja ungemein entzückend. Gott, ist er hübsch! Astolphe, du bist doch noch verliebt in mich, denn du hattest ihn mir nicht vorgestellt; du wusstest, wer ihn sieht, bleibt nicht ungestraft. Sind diese schönen Haare Ihre? Und diese Hände! Ein Liebreiz!

ASTOLPHE *(zu Faustina).* Gut! Versuch ihn nur zu verderben. Er ist zu artig, siehst du!

(Zu Gabriel.)

Nun, mal sehen! Sie ist schön, und du bist schön genug, um nicht befürchten zu müssen, dass man dich nur wegen deines Geldes liebt. Ich lasse euch einander.

GABRIEL *(hängt sich an Astolphe).* Nein, Astolphe, das wäre unnütz; ich weiß nicht, was es heißt, eine Frau zu kränken, und ich könnte sie gar nicht so sehr verachten, um das zu dulden.

FAUSTINA. Quäl ihn nicht, Astolphe, ich werde ihn schon zu zähmen wissen, wenn mir danach ist. Jetzt lasst uns aber Antonio narren. Da ist er, glühend vor Liebe und bebend von Hoffnung streicht er um diese Tür herum. Wie schwer er doch trägt an Leid und Schmerzen! Gehen wir ein wenig zu ihm.

GABRIEL *(zu Astolphe).* Lass mich gehen. Ich habe den Spaß satt. Dieses Kleid stört mich, und dein Antonio missfällt mir!

FAUSTINA. Ein Grund mehr, dich über ihn lustig zu machen, mein holder Cherub! Oh, Astolphe, hättest du nur gesehen, wie Antonio deinem Vetter nachlief, während du die Tarantella getanzt hast! Er wollte ihn partout küssen, und dieser Engel hat sich mit so gut gespielter Scham verteidigt!

ASTOLPHE. Komm, du kannst dich zum Spaß doch ein bisschen küssen lassen; was macht dir das schon? Ach, Gabriel, ich bitte dich, verlass uns noch nicht. Wenn du gehst, gehe ich auch; und das wäre schade, ich habe solche Lust, mich zu amüsieren!

GABRIEL. Dann bleibe ich.

FAUSTINA. Liebes Kind!

(Alle verlassen den Raum. Antonio tritt auf der Galerie zu ihnen. Nach einem kurzen Wortwechsel legt Astolphe Gabriels Arm unter Antonios und folgt den beiden grinsend mit Faustina. Sie entfernen sich.)

Szene 7

Immer noch bei Ludovic. – Ein Garten; Beleuchtung im Hinter-
grund
ASTOLPHE *(sehr erregt.)*
GABRIEL *(läuft ihm nach.)*

GABRIEL *(immer noch als Frau, mit großer Mantille aus weißer*
Spitze). Astolphe, wohin gehst du? Was hast du? Warum
läufst du mir davon?

ASTOLPHE. Nichts, nichts, mein Kind; ich brauche nur ein bisschen frische Luft. Dieser ganze Lärm, dieser ganze Wein, all
diese warmen Düfte steigen mir zu Kopf und widern mich
langsam an. Wenn du dich zurückziehen möchtest, halte ich
dich nicht mehr ab. Ich komme gleich nach.

GABRIEL. Warum kommst du nicht gleich mit mir?

ASTOLPHE. Ich muss hier kurz allein sein.

GABRIEL. Ich verstehe. Wieder eine Frau?

ASTOLPHE. Nun – nein; ein Ehrenhandel, da du es genau wissen willst. Wärst du nicht verkleidet, könntest du mir als Se-
kundant dienen; nun habe ich Menrique gebeten.

GABRIEL. Und du glaubst, ich würde dich allein lassen? Aber
mit wem hast du denn Streit?

ASTOLPHE. Das weißt du genau: mit Antonio.

GABRIEL. Dann ist es ja nur ein Scherz, und ich muss hier
bleiben, um ihm zu enthüllen, dass ich dein Vetter bin und
keine Frau.

ASTOLPHE. Es wird ihn nur noch mehr in Rage bringen, dass
er vor aller Augen genarrt wurde, und ich werde nicht ab-
warten, bis er mich herausfordert, denn jetzt schuldet er mir
Rechenschaft.

GABRIEL. Aber wofür denn, bei Gott?

ASTOLPHE. Er hat dich beleidigt, und damit auch mich. Er hat
dich vor meinen Augen zu einem Kuss gezwungen, obwohl

ich in der Rolle des Eifersüchtigen ihm befohlen habe, dich in Ruhe zu lassen.

GABRIEL. Aber dieses ganze Theater war ja deine Erfindung, da darfst du die Sache nicht so ernst nehmen.

ASTOLPHE. Oh doch, ich nehme sie ernst.

GABRIEL. Wenn er unverschämt war, dann mir gegenüber, dann muss also ich Rechenschaft von ihm verlangen.

ASTOLPHE *(sehr bewegt, nimmt ihn beim Arm)*. Du! Du wirst dich nie duellieren, solange ich lebe! Mein Gott! Würde ich einen Mann den Degen gegen dich richten sehen, so würde ich zum Mörder und ihn hinterrücks erschlagen. Ach, Gabriel! Du weißt nicht, wie sehr ich dich liebe, ich weiß es selbst nicht.

GABRIEL *(verstört)*. Du bist heute sehr überschwänglich, mein Bruder.

ASTOLPHE. Mag sein. Dabei war ich beim Essen sehr nüchtern. Ist dir das aufgefallen? Nun, ich fühle mich stärker berauscht, als wenn ich drei Nächte durchgetrunken hätte.

GABRIEL. Das ist sonderbar! Als du Antonio herausgefordert hast, warst du außer dir, und auch ich habe bewundert, wie gut du Theater spielst.

ASTOLPHE. Ich habe nicht gespielt, ich war wirklich wütend! Und ich bin es immer noch. Wenn ich nur daran denke, steht mir wieder der Schweiß auf der Stirn!

GABRIEL. Dabei hat er dir gar nichts Beleidigendes gesagt. Er hat doch dabei gelacht – alle haben gelacht.

ASTOLPHE. Nur du nicht. Für dich war es sichtlich eine Qual.

GABRIEL. Das gehörte zu meiner Rolle.

ASTOLPHE. Du hast sie so gut gespielt, dass ich auch meine ernst genommen habe, ich wiederhole es dir. Weißt du, Gabriel, ich bin diese Nacht ein bisschen irre. Ich stehe noch unter dem Eindruck einer sonderbaren Täuschung. Ich rede mir ein, du wärst eine Frau, und obwohl ich weiß, dass es nicht stimmt, beherrscht dieses Hirngespinst meine Einbildung, als wäre es die Wirklichkeit, vielleicht sogar noch mehr; denn in diesem Kostüm empfinde ich für dich eine Leidenschaft voll Schwärmerei, Furcht, Eifersucht und Keuschheit, wie ich sie sicher nie wieder empfinden werde. Diese Laune hat mich den ganzen Abend berauscht. Während des Essens ruhten alle Blicke auf dir; alle Männer erlagen derselben Täuschung wie ich, alle wollten das Glas berühren, an das du deine Lippen gelegt hattest, die Blütenblätter aufsammeln, die von dem Rosenkranz an deiner Stirn gefallen waren. Es war ein Wahn! Und ich war berauscht von Stolz, als wärest du wirklich meine Verlobte! Man erzählt sich, Benvenuto habe zu einem Essen bei Michelangelo seinen Schüler Ascanio ebenso verkleidet an die Seite der schönsten Mädchen von Florenz geführt, und er gewann für den ganzen Abend den Schönheitspreis! Dabei war er längst nicht so schön wie du, Gabriel, ganz sicher nicht ... Ich habe dich betrachtet, im Kerzenschein, mit deinem weißen Kleid und deinen schönen sehnsuchtsvollen Armen, für die du dich zu schämen schienst, und deinem melancholischen Lächeln, dessen Arglosigkeit ein solcher Gegensatz war zu der schlecht übertünchten Schamlosigkeit all dieser Bacchantinnen! ... Ich war geblendet! Oh, diese Macht von Schönheit und Unschuld! Friedvoll war diese Orgie geworden, beinahe keusch! Die Frauen wollten es dir an Zurückhaltung gleichtun, die Männer erlagen einem instinktiven Respekt ... Keiner sang mehr die Verse des Aretino, kein obszönes Wort wagte mehr dein Ohr zu treffen ... Ich hatte ganz vergessen, dass du keine Frau bist ... Ich ließ mich täuschen, genau wie die anderen. Und dann kam dieser eingebildete Antonio mit seinem versoffenen Blick und den Lippen, die noch von Faustinas schmutzigen Küssen starrten, und forderte einen Kuss von dir, den nicht einmal ich anzunehmen gewagt hätte ... Da entflammten tausend Furien in meiner Brust; ich hätte ihn wohl umgebracht, hätte man mich nicht mit Ge-

walt zurückgehalten, und ich habe ihn herausgefordert ...
Und jetzt, wo ich wieder nüchtern bin, und obwohl ich über
meinen Irrsinn staune, spüre ich doch, dass er jederzeit wieder aufflammen könnte, wenn ich ihn wieder bei dir sähe.

GABRIEL. Das kommt alles von der Aufregung beim Essen. Es
ist schon gut, dass die Moral solche Vergnügungen miss-
billigt. Du siehst ja, sie können unreine Feuer in uns ent-
flammen – allein die Vorstellung davon ließe uns in kaltem
Schreck erzittern. Dieses Spiel dauert jetzt schon zu lange,
Astolphe; ich werde mich zurückziehen und diese gefährliche Verkleidung ablegen, um nie wieder damit anzufan-
gen.

ASTOLPHE. Du hast Recht, mein Gabriel. Geh, ich komme
gleich.

GABRIEL. Ich gehe aber nicht, bevor du mir nicht versprichst,
auf dieses irrsinnige Duell zu verzichten und mit Antonio
Frieden zu schließen. Ich habe Faustina aufgetragen, ihn aufzuklären. Du siehst, er kommt nicht zum Treffpunkt, für ihn
ist die Sache beigelegt.

ASTOLPHE. Mich ärgert das; es war mir ein Bedürfnis, mit ihm
die Waffen zu kreuzen! Er hat mir die Faustina ausgespannt,
und das bedaure ich auch nicht; doch er wollte mich damit
demütigen, und da wäre mir jeder Vorwand recht gewesen,
um ihn zu züchtigen.

GABRIEL. Dieser wäre jedenfalls lächerlich. Und wer weiß?
Vielleicht könnten böse Zungen die Sache auch sehr hässlich
auslegen.

ASTOLPHE. Das stimmt! Tod meinem Groll, und mit ihm meiner Ehre und meiner Tapferkeit, lieber als dieser Blume der
Unschuld an deinem Namen ... Ich verspreche dir, ich ziehe
es ins Lächerliche.

GABRIEL. Gibst du mir dein Ehrenwort?

ASTOLPHE. Ich schwöre es dir!

(Sie schütteln sich die Hand.)

GABRIEL. Da kommen sie, mit lautem Gelächter. Ich schleiche mich davon.

(Beiseite.)

Es wird höchste Zeit, mein Gott! Ich bin noch verstörter, mehr außer mir als er.

(Er hüllt sich in seine Mantille, Astolphe hilft, sie zurechtzuzupfen.)

ASTOLPHE *(umarmt ihn)*. Ach! Es ist trotzdem schade, dass du ein Junge bist! Na, dann geh. Du findest deinen Wagen unten an der Treppe, hier entlang! …

(Gabriel verschwindet unter den Bäumen, Astolphe sieht ihm nach und bleibt einen Moment in Gedanken versunken. Bei Antonios und Faustinas lautem Lachen fährt er sich mit der Hand über die Stirn wie nach einem Traum.)

Szene 8

ASTOLPHE, ANTONIO, FAUSTINA, MENRIQUE; GRUPPE JUNGER MÄNNER UND KURTISANEN

ANTONIO. Ha! Was für eine tolle Geschichte! Ich bin über alle Gebühr hereingefallen; aber immerhin tröstet mich, dass ich nicht der Einzige bin.

MENRIQUE. Ha! Ich glaube, ich habe mich das ganze Essen über verzehrt, und wenn er heute Abend sein Kleid ablegt, wird er ein Liebesbriefchen von mir in der Tasche finden.

FAUSTINA. Der Schlingel wird euch alle auslachen.

ANTONIO. Und euch Weiber auch!

FAUSTINA. Bis auf mich. Ich habe ihn sofort erkannt.

ASTOLPHE *(zu Antonio)*. Nimmst du es mir nicht allzu übel?

ANTONIO *(drückt ihm die Hand)*. Ach was! Ich schulde dir tausend Lobeshymnen. Du hast deine Rolle gespielt wie ein begnadeter Schauspieler. Nie wurde Othello besser dargestellt.

MENRIQUE. Aber wo ist nur dieser schöne Knabe hin verschwunden? Jetzt könnten wir ihn ja einfach auf beide Wangen küssen.

ASTOLPHE. Er ist gegangen, um sich umzukleiden, und ich glaube nicht, dass er noch einmal wiederkommt; aber für morgen seid ihr alle bei mir zum Essen mit ihm eingeladen.

FAUSTINA. Sind wir auch dabei?

ASTOLPHE. Nein, zum Teufel mit den Frauen!

Szene 9

Gabriels Zimmer in Astolphes Haus. – Gabriel in Frauenkleidung mit Mantel und Schleier tritt ein und weckt Marc, der auf einem Stuhl schläft.

MARC, GABRIEL

MARC. Ah, bitte tausendmal um Vergebung! ... Gnädige Frau fragt nach Herrn Astolphe. Er ist noch nicht heimgekehrt ... Hier ist das Zimmer von Herrn Gabriel.

GABRIEL *(wirft Schleier und Mantel auf einen Stuhl)*. Erkennst du mich denn nicht, alter Marc?

MARC *(reibt sich die Augen)*. Guter Gott! Was sehe ich? ... Als Frau, gnädiger Herr, als Frau!

GABRIEL. Beruhige dich, mein Alter, nicht mehr lange.
(Er reißt sich den Kranz von der Stirn und zerzaust eilig seine symmetrische Frisur.)

MARC. Als Frau! Ich bin ganz außer mir! Was würde Seine Hoheit sagen?

GABRIEL. Ha! Diesmal würde Seine Hoheit befinden, dass ich mich nicht wie ein Mann benehme. Geh du nur schlafen, Marc. Morgen bin ich wieder mehr Junge denn je, das verspreche ich! Guten Abend, mein Guter.
(Marc ab.)

GABRIEL *(allein)*. Schnell heraus aus diesem Nessoshemd, es
versengt mir die Brust, es berauscht mich, drückt mich nieder! Ich bin so verstört, so verwirrt! ... Aber wie soll ich das
anstellen? ... Diese ganzen Schnüre, diese Klammern ...
(Er zerreißt sein Spitzentuch und zerrt es in Fetzen herunter.)
Astolphe, Astolphe, mit deiner Verstörung wird Schluss
sein, sobald die Täuschung aus ist. Sobald ich diese Verkleidung abgelegt und wieder in die andere geschlüpft bin, fällt
der Zauber von dir ab. Ich dagegen: Werde ich unter meinem
Wams zurückfinden zu meiner alten Ruhe und der Unschuld
meiner Gedanken? ... Seine letzte Umarmung war eine
Qual! Ah! Ich bekomme dieses Korsett nicht auf! Schnell
jetzt! ...
*(Er nimmt seinen Dolch vom Tisch und schneidet die Schnüre
durch.)*
So, wo hat der alte Marc mein Wams versteckt? Mein Gott!
Ich glaube, ich höre Schritte auf der Treppe!
(Er springt zur Tür und verriegelt sie.)
Er hat meinen Mantel und Schleier mitgenommen! ... Diese
Schlafmütze! Er wusste nicht, was er tat ... Und wetten, dass
die Schlüssel zu meinen Koffern in seiner Tasche geblieben
sind ... Nichts! Nicht ein Kleidungsstück, und Astolphe wird
mit mir plaudern wollen, wenn er heimkommt ... Wenn ich
nicht aufmache, wird er nur misstrauisch! Verdammter Irr-
sinn! Ah! ... bevor er hier eintritt, hole ich mir einen Mantel
aus seinem Zimmer ...
*(Er nimmt einen Leuchter, öffnet eine kleine Seitentür und
tritt ins Nachbarzimmer. Kurzes Schweigen, dann ein
Schrei.)*
ASTOLPHE *(im Nachbarzimmer)*. Gabriel, du bist eine Frau! Oh
mein Gott!
*(Man hört den Leuchter zu Boden fallen. Das Licht erlischt.
Außer sich kommt Gabriel zurück. Astolphe folgt ihm in der
Dunkelheit und bleibt an der Schwelle stehen.)*

ASTOLPHE. Hab keine Angst, hab keine Angst! Von jetzt an
werde ich diese Tür nicht mehr ohne deine Erlaubnis durch-
schreiten.
(Er fällt auf die Knie.)
Oh mein Gott, ich danke dir!

Teil 3

In Astolphes altem, heruntergekommenem Landschlösschen tief im Wald; ein dunkler Raum mit antiken, verblichenen Möbeln

Szene 1

SETTIMIA, BARBE, GABRIELLE, BRUDER CÔME
(Settimia und Barbe arbeiten an einem Fenster; Gabrielle sitzt mit Stickrahmen am anderen Fenster; Bruder Côme geht schleppenden Schritts zwischen ihnen auf und ab, bei Gabrielle bleibt er immer stehen.)

BRUDER CÔME *(halblaut zu Gabrielle)*. Nun, Signora, gehen Sie morgen wieder zur Jagd?

GABRIELLE *(ebenso, kalt und schroff)*. Warum denn nicht, Bruder Côme, wenn mein Mann es billigt?

BRUDER CÔME. Oh! Sie antworten immer so, dass jedes Gespräch sofort versiegen muss!

GABRIELLE. Ich mag nun mal keine leeren Worte.

BRUDER CÔME. Nun, so leicht werden Sie mich nicht los, und ich kann zu Ihrer Antwort schon noch eine Bemerkung anführen.
(Gabrielle schweigt, Côme spricht weiter.)
Nämlich, dass ich Sie an Astolphes Stelle nicht gerne auf einem heißblütigen Pferd durch Wiesen und Wälder galoppieren sähe.
(Gabrielle schweigt, Côme spricht immer leiser weiter:)
Ja! Wenn ich das Glück hätte, eine junge, schöne Frau zu besitzen, wollte ich nicht, dass sie sich so offen den Blicken aussetzt ...
(Gabrielle steht auf.)

SETTIMIA *(schroff und schneidend)*. Sind Sie unserer Gesellschaft schon müde?

GABRIELLE. Ich habe Astolphe in der Kastanienallee gesehen; er hat mir gewinkt, ich gehe zu ihm.

BRUDER CÔME *(leise)*. Darf ich Sie bis dorthin begleiten?

GABRIELLE *(laut)*. Ich möchte alleine gehen.

(Ab. Bruder Côme kehrt grinsend zu den anderen zurück.)

BRUDER CÔME. Haben Sie sie gehört? Sehen Sie, wie sie mir begegnet? Ihre Herrschaft werden mich von der Pflicht befreien müssen, an ihrem Seelenheil zu wirken: Ihre Zurückweisungen entmutigen mich; sie ist ein hochmütiges, widerspenstiges Geschöpf, das habe ich schon immer gesagt.

SETTIMIA. Ihre Pflicht, Pater, besteht darin, sich nicht entmutigen zu lassen, wenn es darum geht, eine verlorene Seele heimzuführen; das muss ich Ihnen nicht sagen.

BARBE *(steht auf, klemmt sich eine Brille auf die Nase und geht, um Gabrielles Stickrahmen zu inspizieren)*. Ich wusste es! Nicht ein Stich seit gestern! Meinen Sie, sie würde arbeiten? Alles, was sie tut, ist Fäden zerreißen, Nadeln verlieren und Seide vergeuden. Sehen Sie nur, wie verheddert ihre Docken sind!

BRUDER CÔME *(betrachtet den Stickrahmen)*. Dabei ist sie eigentlich nicht ungeschickt! Hier, eine sehr hübsche Blume, die sich gut auf einem Altartuch machen würde. Sehen Sie nur diese Blume, Schwester Barbe! Vielleicht könnten nicht einmal Sie das besser.

BARBE *(säuerlich)*. Mir schiene das sehr ungebührlich. Wozu sollen denn all diese schönen Blumen nutze sein?

BRUDER CÔME. Sie sagt, für ein Mantelfutter für ihren Mann.

SETTIMIA. Dummes Zeug! Was braucht ihr Mann ein mit Seide besticktes Futter, wenn er sich nicht einmal den Mantel kaufen kann! Lieber sollte sie mit uns die Hauswäsche flicken.

BARBE. Wir schaffen das nicht allein. Womit ist sie uns eine Hilfe? Mit gar nichts!

SETTIMIA. Wozu taugt sie überhaupt? Zu nichts, was nützlich

ist! Ach, was für ein Unglück, dass ich so eine Schwiegertochter habe! Aber mein Sohn hat mir schon immer nur Ärger gemacht.

BRUDER CÔME. Immerhin scheint sie ihren Mann sehr zu lieben! …

(Er schweigt.)

Glauben Sie, dass sie ihren Mann sehr liebt?

(Schweigen.)

Sagen Sie, Schwester Barbe?

BARBE. Befragen Sie mich nicht dazu. Ich mische mich da nicht ein.

SETTIMIA. Würde sie ihren Mann lieben, wie es einer frommen, sittsamen Frau geziemt, so würde sie sich ein bisschen mehr um seine Belange kümmern, als all seine Launen zu fördern und ihm zu helfen, Geld auszugeben.

BRUDER CÔME. Haben sie denn große Ausgaben?

SETTIMIA. Alle erdenklichen Ausgaben. Wozu brauchen sie denn diese beiden edlen Pferde, die Tag und Nacht im Stall stehen und fressen und weder die Kraft haben, zu pflügen noch den Wagen zu ziehen?

BARBE *(ironisch)*. Zum Jagen! Die Jagd ist ein so ergötzliches Vergnügen!

SETTIMIA. Ja, ein fürstliches Vergnügen! Wenn man aber ruiniert ist, darf man sich einen solchen Auftritt nicht mehr erlauben.

BRUDER CÔME. Sie reitet wie der Heilige Georg.

BARBE. Pfui! Bruder Côme! Sie sollen nicht eine mit den Heiligen des Himmels vergleichen, die nicht beichtet und alle möglichen Bücher liest.

SETTIMIA *(lässt ihre Arbeit sinken)*. Wie! Alle möglichen Bücher! Hat sie etwa schlimme Bücher in mein Haus gebracht?

BARBE. Griechische Bücher, lateinische Bücher. Wenn diese Bücher weder das Stundenbuch des Bistums sind noch das Heilige Evangelium noch die Kirchenväter, dann können es nur heidnische oder ketzerische Bücher sein! Sehen Sie, hier ist eines der weniger dicken, das ich in meiner Tasche verborgen habe, um es Ihnen zu zeigen.

BRUDER CÔME *(öffnet das Buch).* Thukydides! ... Oh! In den Kollegien erlauben wir das ... Mit bestimmten Auslassungen kann man die heidnischen Autoren gefahrlos lesen.

SETTIMIA. Das mag ja sein; aber wenn man sie ausschließlich liest, ist man schon nahe daran, nicht an Gott zu glauben. Und hat sie nicht gestern beim Abendessen zu behaupten gewagt, Dante sei kein gottloser Autor?

BARBE. Sogar noch besser, sie hat zu sagen gewagt, sie glaube nicht an die Verdammung der Ketzer.

BRUDER CÔME *(heuchlerisch-dogmatisch).* Das hat sie gesagt? Ach! Das ist schlimm! Sehr schlimm!

BARBE. Und dann: Gehört es sich für eine sittsame Person, mit dem Pferd über die Mauer zu springen?

SETTIMIA. In meiner Jugend ritten wir, aber mit Anstand und nur im Damensattel. Wir folgten der Jagd mit einem Greifvogel auf der Faust; aber wir ritten vorsichtig und gesittet, und wir hatten einen Burschen, der das Pferd am Zügel hielt und zu Fuß mitlief. Das war vornehm, das war ziemlich; wenn wir heimkehrten, waren wir nicht zerzaust, und wir zerrissen uns auch nicht an allen Zweigen die Spitzen, um mit den Männern zu wetteifern.

BRUDER CÔME. Ah! Damals hatten Ihre Herrschaft ein schönes Gefolge und großen Aufzug!

SETTIMIA. Und ich machte meinem Vermögen Ehre, ohne die geringste Verschwendung zu dulden. Doch der Himmel hat mir einen leichtsinnigen, unbesonnenen Sohn gegeben, der guten Rat missachtet, jedem schlechten Beispiel folgt und das Gold mit vollen Händen ausgibt; und zu allem Unglück hat er, als ich ihn gerade gebessert glaubte, als er respektvoller wirkte und liebevoller mit mir, eine Schwiegertochter heimgebracht, die ich nicht kenne, die niemand kennt, die von wer weiß wo herkommt, die keinerlei Vermögen hat und vielleicht noch weniger Familie.

BRUDER CÔME. Sie sagt, sie sei Waise und Tochter eines ehrbaren Edelmanns?

BARBE. Wer weiß das schon? Man hört sie nie von ihren Eltern reden oder vom Haus ihres Vaters.

BRUDER CÔME. Ihren Gewohnheiten nach sieht es aus, als wäre sie in wohlhabenden Verhältnissen aufgewachsen. Sie ist irgendeine Tochter aus großem Hause, die Ihren Sohn heimlich geheiratet hat, gegen den Willen ihrer Eltern. Vielleicht wird sie eines Tages reich sein.

SETTIMIA. Das wollte er mich glauben machen, als er mir seinen Plan eröffnet hat, und ich habe mich nicht in den Weg gestellt; denn Falschheit gehörte nie zu seinen Fehlern. Aber jetzt sehe ich ja, dass diese Abenteurerin ihn auf den Abweg der Lüge gebracht hat, denn nichts bestätigt sich, was er angekündigt hatte; und obgleich ich seit langen Jahren abgeschieden von der Welt lebe, kann ich kaum glauben, dass die Gesellschaft sich so verändert haben soll, dass ein solches Abenteuer sich vollzieht, ohne viel Staub aufzuwirbeln.

BRUDER CÔME. Mir schien, sie redet oft in Widersprüchen. Wenn man ihr Fragen stellt, ist sie verstört, verhaspelt sich in ihren Antworten, wird schließlich ungeduldig und erklärt, sie stünde schließlich nicht vor der Inquisition.

SETTIMIA. Das wird noch übel enden! Das Unglück verfolgt mich mein ganzes Leben hindurch, Bruder Côme! Ein unvorsichtiger, exzentrischer Gatte (Gott erbarme sich seiner Seele!), der mir sehr zum Verhängnis geworden ist. Er brauchte wahrlich nicht viel zu tun, um bei seinem Vater in Gnaden zu bleiben. Hätte er ein bisschen dessen Stolz geschmeichelt und ihm nicht in allem widersprochen, so hätte er ihn dazu bringen können, seine Schulden zu begleichen und etwas für Astolphe zu tun. Doch er war aufbrausend und stürmisch wie sein Sohn. Er legte es darauf an, sich das väterliche Haus zu verschließen, und wir leiden heute an den Folgen seiner Tollheit.

BRUDER CÔME *(heuchlerisch und böse)*. Das war ein schlimmer Fall … ganz schlimm …

SETTIMIA. Von welchem Fall sprechen Sie?

BRUDER CÔME. Ach, Ihre Herrschaft müssen wissen, worum es geht. Ich für meinen Teil weiß nur, was man mir erzählt hat. Ich hatte damals noch nicht die Ehre, Ihrer Herrschaft die Beichte abzunehmen.

(Er grinst gemein.)

SETTIMIA. Bruder Côme, Sie haben manchmal eine sonderbare Art zu scherzen; ich sehe mich gezwungen, Ihnen das zu sagen.

BRUDER CÔME. Ich für meinen Teil sehe nicht, inwiefern der Scherz Ihre Herrschaft verletzen könnte. Fürst Jules war ein großer Sünder, und Ihre Herrschaft die schönste Frau ihrer Zeit … Man sieht bis heute, dass in diesem Gerede keine Übertreibung war; und was die Tugend Ihrer Herrschaft betrifft, so war sie schon damals, was sie immer war. Das musste in der rachsüchtigen Seele des Fürsten einigen Groll erwecken, und das Verhalten Ihres Schwiegervaters muss wohl bei Graf Octave, Ihrem Gatten, alle Sohnesfurcht vernichtet haben. Wenn so etwas in den Familien vorkommt – und wir wissen leider, dass es nur allzu oft vorkommt –, dann muss das fast zwangsläufig zu großen Verwerfungen führen.

SETTIMIA. Bruder Côme, da Sie von dieser grauenvollen Geschichte gehört haben, sollen Sie wissen, dass ich die Hilfe meines Gatten nicht gebraucht hätte, um so verabscheuenswürdige Avancen abzuwehren. Es war an mir, mich zu verteidigen und Abstand zu suchen. Genau das tat ich. An ihm aber wäre es gewesen, sich den Anschein der Unwissenheit zu geben, um den Skandal zu meiden und seinem Vater keinen Anlass zu geben, ihn zu enterben. Und wozu führte das? Astolphe, der in adligem Wohlstand aufwuchs, konnte sich an die Armut nie gewöhnen. In wenigen Jahren verprasste er sein kleines Erbe; und heute lebt er voller Entbehrungen und Langeweile in der tiefsten Provinz, mit einer Mutter, die nur über seine Tollheit weinen kann, und einer Frau, die nichts dazu beitragen kann, ihn zu bessern. Das alles ist traurig, sehr traurig!

BRUDER CÔME. Nun, das alles kann noch sehr schön und sehr fröhlich werden! Wenn der junge Gabriel de Bramante vor Astolphe stirbt, erbt Astolphe den Titel und das Vermögen seines Großvaters.

SETTIMIA. Ach! Solange der Fürst lebt, wird er Mittel und Wege finden, das zu verhindern. Und wenn er in seinem Alter noch einmal heiraten müsste, er wäre zu dieser Tollheit fähig; und wenn er ein Kind vorweisen müsste, das angeblich aus dieser Ehe stammt, so schamlos wäre er.

BRUDER CÔME. Und wer würde ihm glauben?

SETTIMIA. Wir leben im Elend; er ist allmächtig!

BRUDER CÔME. Aber wissen Sie, was die Gerüchteküche sagt? Etwas, das ich Ihnen kaum zu erzählen wage, so sehr fürchte ich, Ihnen die tollsten Hoffnungen zu erwecken.

BARBE. Was denn? So sagen Sie doch, Bruder Côme!

BRUDER CÔME. Nun, man sagt, der junge Gabriel sei tot.

SETTIMIA. Heilige Jungfrau! Sollte das möglich sein! Und Astolphe weiß nichts davon! … Er kümmert sich nie um das, was ihn auf der Welt am meisten interessieren sollte.

BRUDER CÔME. Na, freuen wir uns nicht zu früh! Der alte Fürst leugnet es beharrlich. Er sagt, sein Enkel sei auf Reisen im Ausland, und beweist es mit Briefen, die er gelegentlich von ihm erhält.

SETTIMIA. Aber vielleicht sind das gefälschte Briefe!

BRUDER CÔME. Vielleicht. Doch der junge Mann ist noch nicht lange genug fort, als dass man es begründet behaupten könnte.

BARBE. Der junge Mann ist verschwunden?

BRUDER CÔME. Er war auf dem Land aufgewachsen, vor allen Blicken verborgen. Man konnte vermuten, als Sohn eines schwächlichen Vaters, der vorzeitig der Krankheit erlegen ist, sei er auch kränklich und einem ähnlichen Ende vorbestimmt. Doch als er sich letztes Jahr in Florenz zeigte, sah man einen hübschen Jungen von guter Konstitution, zwar zart und feingliedrig wie sein Vater, aber frisch wie eine Rose, munter, beherzt, ein eher übler Kumpan, der den Weibern nachlief, auch mit Astolphe, der sich mit ihm angefreundet hatte und der ihn nicht ohne Geschick so verführte, dass er beinahe beim Großvater in Ungnade hätte fallen können.

(Settimia merkt erstaunt auf.)

Oh! Von all dem haben wir nichts erfahren. Astolphe war so schlau, nichts zu erzählen, was darauf schließen ließe, dass er nicht so dumm ist, wie man meint.

SETTIMIA *(stolz)*. Bruder Côme, so berechnend wäre Astolphe nie gewesen! Astolphe ist die Offenheit selbst.

BRUDER CÔME. Immerhin beschert Ihnen seine Ehe einige Zweifel betreffs seiner Wahrhaftigkeit. Aber lassen wir das.

SETTIMIA. Ja, ja, erzählen Sie mir, was Sie wissen. Von wem haben Sie denn das alles?

BRUDER CÔME. Von einem der Brüder in unserem Kloster, der eben aus der Toskana kommt; ich habe mich heute Morgen mit ihm unterhalten.

SETTIMIA. Wahrhaftig! Uns war das alles völlig unbekannt! Und?

BRUDER CÔME. Zuerst lebte der junge Fürst also in Saus und Braus, und dann verschwand er eines Nachts aus der Stadt. Die einen sagen, er habe eine Frau entführt; andere, er sei auf Anweisung seines Großvaters selbst entführt und in einem Schloss eingesperrt worden, bis er seinen Hang zur Ausschweifung auskuriert hat; wieder andere denken, er habe in irgendeiner Spelunke einen bösen Hieb abbekommen, der ihn *ad patres* geschickt hat, und der alte Jules verheimliche seinen Tod, damit Sie sich nicht zu früh freuen und damit der Triumph der jüngeren Linie so lange wie möglich hinausgezögert werde. Das also hat man mir erzählt; aber schenken Sie dem Ganzen nicht allzu viel Glauben, denn es kann auch alles falsch sein.

SETTIMIA. Es kann aber auch etwas Wahres in all dem stecken, und das muss ich unbedingt wissen. Ach, mein Gott! Und Astolphe rührt sich nicht! ... Er muss auf der Stelle nach Florenz.

Szene 2

ASTOLPHE, DIE VORIGEN

BRUDER CÔME. Sieh da, Sie kommen gerade recht; wir sprachen eben von Ihnen.

ASTOLPHE *(schroff)*. Ich bin Ihnen sehr verpflichtet. Mutter, wie geht es Ihnen heute?

SETTIMIA. Ach, mein Sohn! Ich fühle mich belebt; und wenn ich glauben könnte, was Bruder Côme berichtet, wäre ich für immer genesen.

ASTOLPHE. Bruder Côme mag ein großer Arzt sein; aber ich werde ihn bitten, sich aus unserer Gesundheit weitgehend herauszuhalten, und aus unseren Angelegenheiten noch viel mehr.

BRUDER CÔME. Ich verstehe nicht ...

ASTOLPHE. Gut. Ich werde mich verständlich ausdrücken; aber nicht hier.

SETTIMIA *(sehr besorgt und ohne auf Astolphes Worte zu achten)*. Astolphe, so hör doch! Er sagt, der Erbe der älteren Linie sei verschwunden, man hält ihn für tot.

ASTOLPHE. Das ist falsch; er ist in England, wo er seine Erziehung vollendet. Ich habe erst kürzlich einen Brief von ihm erhalten.

SETTIMIA *(niedergeschlagen).* Wirklich?

BARBE. Ach!

BRUDER CÔME. So sind all unsere Träume dahin!

ASTOLPHE. Diese Frömmelei! die barmherzige Totenrede! Mutter, wenn das christliche Frömmigkeit ist, wie Bruder Côme sie predigt, dann erlauben Sie mir, ihr abzuschwören. Mein Vetter ist ein reizender Junge, voller Geist und Herzlichkeit. Er hat mir gute Dienste geleistet; ich schätze ihn, ich liebe ihn; und sollte er sterben, so würde niemand ihn ehrlicher vermissen als ich.

BRUDER CÔME *(verschmitzt).* Das ist sehr geschickt und geistreich!

ASTOLPHE. Behalten Sie ihre Lobesreden für die, die etwas davon halten.

SETTIMIA. Astolphe, ist das möglich? Du hattest Umgang mit diesem jungen Mann, und du hast uns nie davon erzählt?

ASTOLPHE. Mutter, es ist nicht meine Schuld, wenn ich nicht immer sagen kann, was ich denke. Sie sind von Menschen umgeben, die mich zwingen, meine Gedanken in meiner Brust zu verschließen. Doch heute will ich sehr freimütig sein, und ich fange gleich damit an. Dieser Kapuziner muss von hier verschwinden und nie wiederkommen.

SETTIMIA. Gütiger Himmel! Was höre ich da? Wie redet mein Sohn mit meinem Beichtvater?

ASTOLPHE. Nicht mit ihm gedenke ich zu reden, Mutter, sondern mit Ihnen … Ich bitte Sie, verjagen Sie ihn auf der Stelle.

SETTIMIA. Herr Jesus, du hörst es: Dieser gottlose Sohn erteilt seiner Mutter Befehle!

ASTOLPHE. Sie haben Recht, ich hätte mich nicht an Sie wenden dürfen, Mutter. Sie wissen nicht und können nicht wissen … was ich nicht sagen möchte. Doch dieser Mann versteht mich. *(Zu Bruder Côme.)*

Also dann, ich spreche mit Ihnen, da ich dazu gezwungen bin. Verschwinden Sie.

BRUDER CÔME. Ich sehe, Sie erliegen Ihrem Jähzorn. Es ist meine Pflicht, Sie nicht zum Sünder werden zu lassen, indem ich mich widersetze ... Ich ziehe mich in aller Demut zurück und überlasse es Gott, Sie aufzuklären, sowie der Zeit und der Gelegenheit, mich von allem loszusprechen, was Sie mir vorwerfen mögen.

SETTIMIA. Ich werde nicht dulden, dass vor meinen Augen, in meinem eigenen Hause, mein Beichtvater beleidigt und auf diese Weise vertrieben wird. Sie, Astolphe, werden diese Wohnung verlassen und nur wiederkommen, um mich für Ihr Unrecht um Verzeihung zu bitten.

ASTOLPHE. Ich werde Sie um Verzeihung bitten, Mutter, auf Knien, wenn Sie es wünschen; aber zuerst werde ich diesen Mönch zum Fenster hinauswerfen.

(Bruder Côme, der wieder seinen unverschämten Blick angenommen hatte, erbleicht und weicht bis an die Tür zurück. Settimia, kurz vor der Ohnmacht, fällt auf einen Stuhl.)

BARBE *(reibt ihr die Hände).* Ave Maria! Welcher Skandal! Herr, erbarme dich unser!

BRUDER CÔME. Junger Mann! Möge der Himmel Sie erleuchten!

(Astolphe erhebt drohend den Arm. Bruder Côme flieht.)

Szene 3

SETTIMIA, BARBE, ASTOLPHE

ASTOLPHE *(nähert sich seiner Mutter).* Bei Ihrer Mutterliebe, kommen Sie zu sich. Mir wäre lieber gewesen, das alles wäre nicht so plötzlich gekommen und hätte vor allem nicht vor Ihren Ohren stattgefunden. Das hatte ich mir gelobt; aber es lag nicht in meiner Macht: Der heuchlerische, schamlose Auftritt dieses Mannes hat mich das bisschen Geduld, das ich habe, gekostet.

(Settimia schluchzt.)

BARBE. Aber was hat dieser Mann Ihnen denn getan, um Sie so in Rage zu bringen?

ASTOLPHE. Frau Barbe, das hier geht Sie nichts an. Lassen Sie mich mit meiner Mutter allein.

BARBE. Wollen Sie also auch mich aus dem Haus jagen?

ASTOLPHE *(nimmt sie beim Arm und führt sie zur Tür).* Gehen Sie Ihre Gebete aufsagen, meine Gute, und steigern Sie durch Ihre Verdrießlichkeit nicht noch die bittere Stimmung, die hier ohnehin schon herrscht.

(Barbe schimpfend ab.)

Szene 4

ASTOLPHE, SETTIMIA

SETTIMIA *(schluchzend).* Wollen Sie mir, entartetes Kind, jetzt endlich sagen, warum Sie sich so verhalten?

ASTOLPHE. Nun, Mutter, ich flehe Sie an, mich nicht danach zu fragen. Sie wissen, dass ich von meinem Charakter her eher zu nachsichtig bin und von Natur aus weder zum Misstrauen neige noch zum Hass. Hören Sie auf Ihre Liebe, Ihre Achtung vor mir und glauben Sie mir: Ich hatte allergewichtigste Gründe, um diesen Mönch nicht eine Stunde länger hier zu dulden.

SETTIMIA. Dann soll ich mich also Ihrem inneren Urteil beugen, ohne überhaupt zu wissen, warum Sie mich der Begleitung eines heiligen Mannes berauben, der seit zehn Jahren mein Gewissen lenkt? Astolphe, das überschreitet die Grenzen zur Tyrannei.

ASTOLPHE. Sie verlangen also, dass ich es sage? Nun, dann will ich es sagen, damit Sie ihm nicht weiter nachtrauern, und um Ihnen zu zeigen, in welche Hände Sie die Zügel Ihres Willens und die Geheimnisse Ihrer Seele gelegt hatten. Dieser Franziskaner war mit niederträchtigen Absichten hinter meiner Frau her.

SETTIMIA. Ihre Gattin ist eine Sünderin. Er wollte sie auf den rechten Weg zurückführen, ich hatte ihn selbst dazu aufgefordert.

ASTOLPHE. Mutter! Sie verstehen nicht, Sie können nicht verstehen ... Ihre reine Seele verweigert sich solchen Unterstellungen! ... Dieser Elende brannte für Gabrielle in schändlichem Begehren, und er hat gewagt, es ihr zu sagen.

SETTIMIA. Das sagt wohl Gabrielle? Nun, es ist eine Verleumdung. So etwas ist unmöglich. Ich glaube es nicht, ich werde es nie glauben.

ASTOLPHE. Eine Verleumdung aus Gabrielles Mund? Sie glauben selbst nicht, was Sie sagen, Mutter!

SETTIMIA. Doch, ich glaube es! Ich glaube es so fest, dass ich sie Bruder Côme gegenüberstellen möchte.

ASTOLPHE. Das werden Sie nicht tun, Mutter! Nein, das tun Sie nicht!

SETTIMIA. Doch, ich tue es! Und wir werden sehen, ob sie im Angesicht dieses heiligen Mannes und in meiner Gegenwart bei ihrer dreisten Lüge bleibt.

ASTOLPHE. Bei ihrer dreisten Lüge? Ist das hier ein Alptraum? Redet wirklich meine Mutter so über Gabrielle? Was ist nur los im Schoß dieser Familie, in die ich voller Vertrauen und Verehrung zurückgekehrt bin auf der Suche nach Achtung und Glück?

SETTIMIA. Glück! Um in seinen Genuss zu kommen, muss man es austeilen; aber Sie und Ihre Gattin überhäufen mich mit nichts als Kummer.

ASTOLPHE. Ich! Wenn Sie mich anklagen, Mutter, kann ich nur

gesenkten Hauptes weinen, obwohl ich mich nicht schuldig fühle; aber Gabrielle! Was für Verbrechen kann dieses sanfte, engelsgleiche Geschöpf denn begangen haben?

SETTIMIA. Ah! Soll ich es Ihnen sagen? Gerne! Das will auch ich; denn schon lange genug leide ich im Stillen und trage einen ganzen Berg aus Kummer und Abscheu auf dem Herzen. Ich hasse sie, Ihre Gabrielle; ich hasse sie, weil sie Ihnen täglich hilft, mich zu täuschen, indem sie sich für ein Mädchen aus gutem Hause und eine reiche Erbin ausgibt, obwohl sie nur eine Intrigantin ohne Namen ist, ohne Vermögen, ohne Familie, ohne Leumund und obendrein noch ohne Religion! Ich hasse sie, weil sie Sie ruiniert, indem sie Sie zu tollen Ausgaben drängt, zur Aufsässigkeit gegen mich, zum Hass gegen die Menschen in meiner Umgebung, die mir lieb sind … Ich hasse sie, weil Sie sie mir vorziehen; weil Sie beim kleinsten Disput für sie Partei ergreifen, obwohl Sie doch mir Liebe und Respekt schulden. Ich hasse sie …

ASTOLPHE. Genug, Mutter; ich bitte Sie, sprechen Sie nicht weiter! Sie hassen sie, weil ich sie liebe, das genügt.

SETTIMIA *(weinend)*. Nun, in der Tat! Ich hasse sie, weil Sie sie lieben, und mich lieben Sie nicht mehr, weil ich sie hasse. So stehen die Dinge. Wie soll ich denn so eine Bevorzugung Ihrerseits hinnehmen? Wie denn! Das Kind, das mir sein Leben verdankt, das ich an meiner Brust gestillt und in meinem Schoß gewiegt habe, der junge Mann, den ich mit Mühe erzogen habe, für den ich alle Entbehrungen hingenommen, dem ich all seine Fehler verziehen habe; der mir schlaflose Nächte bereitet hat, Ängste, Kummer aller Art, und der beim kleinsten Wort der Reue und der Zuneigung bei mir immer unerschöpfliche Nachsicht, unermüdliche Barmherzigkeit gefunden hat: Der zieht mir eine Unbekannte vor, ein dahergelaufenes Ding, das ihn gegen mich aufstachelt, ein herzloses Geschöpf, das all seine Aufmerksamkeit in Beschlag nimmt, all seine Zuvorkommenheit, und den ganzen

Tag steht sie mir voller Hochmut gegenüber, nicht willens, meine Tränen und meinen Seelenschmerz zu bemerken, auf meine Klagen und Vorwürfe einzugehen, unerschütterlich in ihrem heuchlerischen Hochmut, während ihr unverschämt höflicher Blick mir allzeit zu sagen scheint: Schimpfen Sie nur, jammern Sie nur, ich bin es, die er liebt, mich respektiert er, mich fürchtet er! Ein Wort aus meinem Mund, ein Blick aus meinen Augen, und er liegt mir zu Füßen und folgt mir, müsste er Sie dafür auch auf dem Totenbett zurücklassen; müsste er auch Ihren Leib mit Füßen treten, um zu mir zu gelangen! Mein Gott, mein Gott! und da wundert er sich, dass ich sie hasse, und will, dass ich sie liebe!

(Sie schluchzt.)

ASTOLPHE *(der seiner Mutter mit vor der Brust gekreuzten Armen stumm zugehört hat).* Oh, du Eifersucht der Frauen! Unauslöschlicher Durst nach Herrschaft! Wie kannst du nur die reinsten und heiligsten Empfindungen der Natur mit deiner Abscheulichkeit besudeln! Ich vermutete dich nur in den nichtswürdigen Qualen feiger, rachsüchtiger Seelen. In der schmutzigen Sprache der Kurtisanen sah ich dich herrschen; und in der erhitzten Leidenschaft der Ausschweifung musste ich selbst gegen deine grausamen Triebe ankämpfen, die mich vor mir selbst erniedrigten. Manchmal, Eifersucht, sah ich dich aus der Ferne die Würde ehelicher Bande besudeln oder die Freuden einer heiligen Liebe mit schändlicher Zwietracht durchsetzen, mit lächerlichen Streitereien, die den, der sie aufbringt, genauso herabsetzen wie den, der sie ertragen muss. Doch nie hätte ich gedacht, dass du es wagen würdest, ins Heiligtum der Familie vorzudringen und zwischen der Mutter und ihren Kindern zu wüten (dieses heilige Band, das die Vorsehung doch noch beim größten Grobian geläutert und veredelt hat)! Dieser entsetzliche Drang, dieses verhängnisvolle Bedürfnis, zu leiden und Leid zu verursachen! Wie kann es nur sein, dass ich noch im Busen meiner eigenen Mutter auf dich treffe!

(Er birgt sein Gesicht in den Händen und versteckt seine Tränen.)

SETTIMIA *(wischt die ihren ab und steht auf)*. Mein Sohn, die Lektion ist hart! Ich weiß nicht, inwieweit es sich geziemt, dass ein Sohn sie seiner Mutter erteilt; aber egal, von woher sie mich ereilt, ich empfange sie als Prüfung, zu der Gott mich verdammt. Wenn ich sie von Ihnen verdient habe, ist sie grausam genug, um alles Unrecht zu sühnen, das Sie mir irgend vorzuwerfen haben.

(Sie will sich zurückziehen.)

ASTOLPHE *(versucht sie zurückzuhalten)*. Nicht so, Mutter, verlassen Sie mich nicht so. Sie leiden zu sehr, und ich auch!

SETTIMIA. Lassen Sie mich meine Kapelle aufsuchen, Astolphe. Ich muss jetzt allein sein und Gott befragen, welche Rolle ich hier spielen soll: die der gekränkten Mutter oder die einer furchtsamen, reuigen Sklavin.

(Ab.)

Szene 5

ASTOLPHE *(allein; dann)*
GABRIELLE

ASTOLPHE. Hochmut! Jede Frau ist dein Opfer, jede Liebe deine Beute! … bis auf dich, bis auf deine Liebe, meine Gabrielle! … Ach, meine einzige Freude, ach, du einziges freigebiges und wirklich großherziges Wesen, dem ich auf Erden begegnet bin!

GABRIELLE *(wirft sich ihm an den Hals)*. Mein Freund, ich habe alles gehört. Ich saß da unter dem Fenster auf der Bank. Ich weiß jetzt, was um meinetwillen in der Familie vor sich geht.

Ich weiß, dass ich ein Stein des Anstoßes bin, eine Quelle der Zwietracht, ein Gegenstand des Hasses.

ASTOLPHE. Ach, meine Schwester! Ach, meine Frau! Seit ich dich liebe, dachte ich, ich könnte nicht mehr unglücklich sein! Und jetzt ist es meine Mutter! ...

GABRIELLE. Klag sie nicht an, mein Geliebter, sie ist alt, sie ist eine Frau! Sie kann ihre Vorurteile nicht überwinden, sie kann ihre Instinkte nicht unterdrücken. Begehr nicht auf gegen unvermeidliches Übel. Ich hatte es vom ersten Tag an erwartet, und um nichts auf der Welt hätte ich dir prophezeit, was dir heute geschehen ist. Das Böse kommt immer von selbst früh genug.

ASTOLPHE. Ach, Gabrielle! Du hast gehört, wie sie dich beleidigt hat! ... Wenn irgendjemand anderes als meine Mutter auch nur den hundertsten Teil davon vorgebracht hätte ...

GABRIELLE. Beruhige dich! Das alles kann mir nichts anhaben; ich weiß es mit Gleichmut und Geduld zu ertragen. Habe ich nicht in deiner Liebe einen Ausgleich für alles Böse? Und ich hoffe doch, du findest in meiner die Kraft, all das Elend zu ertragen, das unsere Lage mit sich bringt ...

ASTOLPHE. Ich kann alles ertragen, außer dich erniedrigt und verfolgt zu sehen.

GABRIELLE. Diese Beleidigungen treffen mich nicht. Siehst du, Astolphe, du hast mich wieder Frau werden lassen, aber ich habe nicht ganz aufgehört, Mann zu sein. Zwar habe ich die Kleidung und die Beschäftigung meines Geschlechts übernommen, aber trotzdem bewahre ich mir diesen Drang nach moralischer Größe und diese ruhige Kraft, die eine männliche Erziehung in meiner Brust entwickelt und gehegt hat. Es kommt mir immer so vor, dass ich mehr bin als eine Frau, und keine Frau kann bei mir Abneigung, Groll oder Wut auslösen. Vielleicht ist das Dünkel; aber es wäre doch unter meiner Würde, wenn ich mich von erbärmlichen Hausstreitigkeiten aufregen ließe.

ASTOLPHE. Ach! Bewahre dir diesen Dünkel, er ist nur zu gerechtfertigt ... Geliebtes Wesen! Du allein bist größer als dein ganzes Geschlecht zusammen. Schreib es, wenn du willst, deiner Erziehung zu; ich schreibe es deinem Charakter zu, und ich glaube, es hätte nicht dein merkwürdiges Schicksal und dein Leben jenseits aller Gesetze gebraucht, damit du zum Meisterwerk der göttlichen Schöpfung wurdest. Von Geburt an warst du mit allen Fähigkeiten begabt, mit allen Tugenden, allen Reizen – und du wirst verkannt! Verleumdet gar! ...

GABRIELLE. Und wenn schon? Lass diese Unwetter vorüberziehen; unsere Häupter stehen unter dem Schutz der heiligen Liebe. Im Übrigen werde ich mich bemühen, sie abzuwenden. Vielleicht habe ich Unrecht getan. Ich hätte mehr Entgegenkommen für an sich unbedeutende Forderungen zeigen können. Unsere Jagdpartien missfallen ihnen, ich kann gut darauf verzichten; sie nehmen Anstoß an unseren Gedanken zur religiösen Toleranz, wir können sie für uns behalten; sie finden mich zu elegant und zu oberflächlich, ich kann mich schlichter kleiden und mich ein bisschen mehr bei der Hausarbeit einbringen.

ASTOLPHE. Und genau das werde ich nicht dulden. Ich wäre ein erbärmlicher Kerl, würde ich vergessen, welches Opfer du mir erbracht hast, indem du die Kleider deines Geschlechts angelegt und auf die Freiheit verzichtet hast, auf dieses aktive Leben, auf diese edle Geistestätigkeit, die du schätztest und gewohnt warst. Auf dein Pferd zu verzichten? Dabei ist das die einzige Ertüchtigung, die deine Gesundheit vor den Auswirkungen bewahrt hat, die ich bei diesen veränderten Gewohnheiten bereits befürchtete. Deine Toilette mäßigen? Aber sie ist ja schon so bescheiden! Und ein wenig Schmuck bringt deine Schönheit so zur Geltung! Als junger Mann mochtest du aufwändige Gewänder, und unseren ausschweifenden Moden verliehst du eine Anmut und eine Poesie, die niemand von uns nachahmen konnte. Die Liebe zum Schönen, das Gespür für Eleganz ist Teil deiner Natur, Gabrielle: Unter dem schweren Reifrock und dem gestärkten Kragen von Madame Barbe würdest du ersticken. Hausarbeit würde deine schönen Hände verderben, deren Berührung auf meiner Stirn alle Sorgen vertreibt und alle Wolken auflöst. Und was würdest du auch mit deinen edlen Gedanken und den poetischen Anwandlungen deines Verstandes anfangen, wenn du umgeben wärst vom stumpfsinnigen Kleinklein und dem egoistischen Kalkül einer knauserigen Engstirnigkeit? Diese armen Frauen rühmen sie nur aus Eigenliebe, und zwanzigmal am Tag stellen sie ihren Widerwillen zur Schau und die Langeweile, von der sie durchtränkt sind. Und wolltest du auch deine Offenherzigkeit zügeln und dich den Dogmen der Intoleranz unterwerfen, so wäre das eine vergebliche Mühe. Nie kann dein Herz erkalten, nie wirst du den nüchternen Gebrauch der Wahrheit aufgeben können; und ganz unwillkürlich würden die Blitze einer mutigen Empörung die Dunkelheit erhellen, die der Fanatismus über deine Seele breiten wollte. Und sollten all diese Prüfungen deine Kräfte nicht übersteigen, so merke doch ich, dass sie über meine Kräfte gehen; ich könnte nicht zusehen, wie du unterdrückt wirst, ohne mich dem offen zu widersetzen. Du hast schon so genug gelitten, du hast dich schon genug für mich aufgeopfert.

GABRIELLE. Ich habe nicht gelitten, ich habe nichts geopfert; ich habe dir vertraut, nichts weiter. Du weißt genau, dass ich nicht so töricht war, gegen die kleinen Unannehmlichkeiten aufzubegehren, die diese neuen Gewohnheiten, von denen du sprichst, mir in den ersten Tagen bereiten konnten; ich hatte besser begründete Abneigungen, ernstere Befürchtungen. Du hast sie alle zerstreut; ich bin als Frau nicht unter den Rang gesunken, auf dem deine Freundschaft mich als Mann platziert hatte. Ich habe nicht aufgehört, dein Bruder und dein Freund zu sein, indem ich deine Gefährtin und deine Geliebte wurde. Hast nicht du auch mir Zugeständnisse gemacht? Hast du nicht für mich dein Leben verändert?

ASTOLPHE. Ja, lobe mich nur für meine Opfer! Ich habe das Chaos hinter mir gelassen, das mich aufregte, und die Ausschweifungen, die mich immer mehr anwiderten, und das für eine erhabene Liebe, für ideale Freuden! Und lobe mich auch für den Respekt und die Verehrung, die ich dir entgegenbringe! Ich hatte in dir den besten aller Freunde; eines Abends tat Gott ein Wunder und verwandelte dich in eine holde Geliebte: Da liebte ich dich umso mehr. Ja, das ist wirklich sehr barmherzig und äußerst verdienstvoll von mir, nicht wahr?

GABRIELLE. Lieber Astolphe, ich sehe, dass du dich beruhigt hast: Geh, küss deine Mutter und beruhige auch sie, oder lass mich für uns beide mit ihr sprechen. Ich werde ihre Abneigung gegen mich besänftigen, ihre Vorbehalte aufheben; meine Aufrichtigkeit wird sie rühren, da bin ich sicher; es kann nicht sein, dass sie nicht liebevoll und großzügig ist, schließlich ist sie deine Mutter!

ASTOLPHE. Mein Engel! Ja, ich bin ruhig. Wenn ich einen Moment bei dir bin, legt sich jedes Unwetter, und himmlischer Frieden breitet sich über meine Seele. Ich gehe zu meiner Mutter, ich erweise ihr Respekt und Unterwerfung, nichts weiter verlangt sie; danach gehen wir fort von hier; denn es gibt kein Heilmittel gegen das Übel, das weiß ich! Ich kenne meine Mutter, ich kenne die Frauen, und du kennst sie nicht, denn du bist nicht halb Mann und halb Frau, wie du meinst, sondern ein Engel in menschlicher Gestalt. Deine Geduld und deine Tugend wären hier verlorene Mühe, sie würden es dir nicht glauben; und würden sie es glauben, wären sie umso feindseliger, weil sie von deiner Überlegenheit gedemütigt wären. Du weißt, nie wird der Schuldige dem Unschuldigen das Unrecht verzeihen, das er ihm zugefügt hat;

das ist das unabwendbare Gesetz des menschlichen Hochmuts, des weiblichen Hochmuts vor allem, der nicht die Hilfe der Vernunft in Anspruch nehmen kann und die Zügel der Geisteskraft. Meine Mutter ist in erster Linie hochmütig. Sie war immer ein Vorbild an häuslichen Tugenden; doch diese Tugenden sind traurig, glaub mir, wenn sie weder von der Liebe beseelt sind noch von Selbstlosigkeit. Und sie ist schon so lange überzeugt davon, was für eine wichtige Rolle sie in der Familie einnimmt und wie verdienstvoll sie sie ausfüllt, dass sie sich viel mehr darum kümmert, ihre Vorrechte zu sichern, als die Menschen in ihrer Umgebung glücklich zu machen. Sie gehört zu den Menschen, die einem gern die ganze Nacht lang die Hosen flicken und einen mit einem Wort das Herz durchbohren, weil sie denken, die Mühe, mit der sie einem einen materiellen Dienst erwiesen haben, würde ihnen gestatten, einem alle mögliche Seelenpein zu verursachen.

GABRIELLE. Astolphe! Wie kalt und streng du über deine Mutter urteilst. Ach, ich sehe, auch die besten Männer hegen für die Frauen weder tiefe Liebe noch vollständige Hochachtung. Sie hatten schon Recht, als sie mir in meiner Kindheit so sorgfältig einbläuten, dass dieses Geschlecht auf der Erde die niedrigste und unglücklichste Rolle spielt!

ASTOLPHE. Ach, meine Freundin! Nur meine Liebe zu dir gibt mir den Mut, so streng über meine Mutter zu urteilen. Solltest gerade du mir das zum Vorwurf machen? Habe ich dir denn Anlass gegeben, die Lage, in die ich dich versetzt habe, so schmerzvoll zu beklagen?

GABRIELLE *(in einer stürmischen Umarmung)*. Oh nein, mein Astolphe, niemals! Ich denke doch nicht an mich, wenn ich so freimütig über Dinge spreche, die mich nichts angehen. Doch erlaube mir, mich weiter für deine Mutter einzusetzen: Stürz sie nicht in Verzweiflung, verlass sie nicht um meinetwillen.

ASTOLPHE. Wenn ich es nicht heute tue, wird sie mich morgen dazu zwingen. Du vergisst, meine liebe Gabrielle, dass du ihr gegenüber in einer heiklen Stellung bist und dass du sie in dem, was sie so dringend wissen möchte, nie wirst befriedigen können: deiner Vergangenheit, deiner Familie, deiner Zukunft.

GABRIELLE. Das stimmt. Eine Zukunft vor allem, wer kann sie vorhersagen? In welches ausweglose Labyrinth hast du dich mit mir begeben?

ASTOLPHE. Und warum sollten wir es denn verlassen? Irren wir doch unser Leben lang so umher, ohne uns dafür den Kopf zu zerbrechen, zum größten Vermögen und den höchsten Ehren zu gelangen. Sind wir nicht gemeinsam auf dieser merkwürdigen, köstlichen Reise, die erst im Tod ihr Ende finden wird? Bist du nicht für immer mein? Sag, wozu müssen du oder ich reich sein und *Fürst de Bramante* heißen? Mein kleiner Prinz, behalte deinen Titel, behalte dein Erbe, ich will es um keinen Preis; und wenn der alte Jules in seinem verschrobenen Gehirn irgendeine Idee entwickelt, um es dir zu nehmen, dann tröste dich damit, dass du nur eine Frau bist, arm und unbekannt, aber reich an meiner Liebe und rühmlich in meinen Augen.

GABRIELLE. Befürchtest du, das könnte mir nicht reichen?

ASTOLPHE *(drückt sie fest an sich)*. Nein, ehrlich gesagt befürchte ich das nicht. Ich spüre bis tief ins Herz, wie du mich liebst.

Teil 4

In einem kleinen Landhaus fernab in den Bergen. – Ein sehr einfaches, aber geschmackvoll eingerichtetes Zimmer; Blumen, Bücher, Musikinstrumente

Szene 1

GABRIELLE *(allein. Sie zeichnet und unterbricht sich hin und wieder, um aus dem Fenster zu sehen.)*

GABRIELLE. Vielleicht kommt heute Marc zurück. Hoffentlich trifft er ein, bevor Astolphe von seinem Ausritt zurück ist. Ich möchte allein mit ihm sprechen, die ganze Wahrheit erfahren. Unser Dasein beunruhigt mich täglich mehr, denn mir ist, als finge Astolphe an, sich deshalb sonderbar zu grämen ... Vielleicht täusche ich mich. Aber was könnte wohl der Grund für seinen Verdruss sein? Unbemerkt hat sich das Unglück über uns gebreitet, zuerst wie eine Wehmut, die unsere Seelen ergriff, dann wie eine Krankheit, die sie phantasieren ließ, und heute wie ein Todeskampf, der sie verzehrt. Ach! Ist die Liebe denn eine so zarte Flamme, dass sie uns beim geringsten Angriff auf ihre Heiligkeit verlässt und wieder in den Himmel aufsteigt? Astolphe! Astolphe! Du hast mir viel Unrecht getan, und sehr grausam hast du dieses Herz bluten lassen, das dir doch stets treu war und immer treu bleiben wird! Ich habe dir alles vergeben, möge auch Gott dir vergeben! Doch es bleibt ein Verbrechen, eine solche Liebe durch Verdacht und Misstrauen zu schänden: Und dafür erleidest du die Strafe; denn diese Liebe krankt an ihrem eigenen Ungestüm, und Tag für Tag fühlst du in dir das Ersterben der Flamme, die du durch die Eifersucht allzu hell entfacht hast. Unglücklicher Freund! Vergeblich bitte ich dich zu vergessen, was du uns beiden Schlimmes angetan hast; das kannst du nicht mehr! Deine Seele hat die Blüte ihrer großherzigen Jugend verloren; eine heimliche Reue nagt an ihr und bewahrt sie doch nicht vor neuen Sünden. Ach! Wahrscheinlich gibt es in der Liebe ein Refugium, in das es kein Zurück gibt, wenn man auch nur einen Schritt aus seiner Umfriedung heraus getan hat, und der Wall, der uns vom Bösen trennte, lässt sich nicht mehr aufrichten. Fehler folgt auf Fehler, Beleidigung auf Beleidigung, die Bitterkeit schwillt an wie ein Strom, dessen Dämme gebrochen sind ... Wohin wird sein Wüten führen? Kann etwa meine eigene Liebe ihm auch zum Opfer fallen? Wird sie der Müdigkeit verfallen, den Tränen, den nagenden Sorgen? Mir ist, als stünde sie noch in alter Kraft, als hätte das Leid ihr nichts anhaben können. Astolphe war von Sinnen, aber nicht schuldig; seine Fehltritte geschahen beinahe aus Versehen, und immer hat Reue sie ausgelöscht. Doch wenn es schlimmer würde, wenn er mich etwa kalt beleidigen würde, mich zu dieser Gefangenschaft zwingen würde, in die ich mich freiwillig begebe, um seinen Bitten zuvorzukommen ... könnte ich ihn dann noch mit denselben Augen sehen? Könnte ich ihn noch genauso zärtlich lieben? ... Haben seine Verfehlungen meine Leidenschaft für ihn nicht schon geschmälert? ... Aber es kann nicht sein, dass Astolphe derart erkaltet oder vom Weg abkommt! Er ist eine edle Seele, selbstlos, großmütig bis zum Heldentum. Wie gering doch seine Fehler wiegen im Vergleich zu seinen Tugenden! ... Oh Astolphe! Welchen Schmerz hast du mir zugefügt, indem du in mir den Glauben an deine Vollkommenheit zerstört hast.

(Es klopft.)

Wer da? Vielleicht ist das Marc.

Szene 2

MARC *(in Stiefeln, die Gerte in der Hand).* Hier bin ich wieder, gnädige Frau, ein wenig matt; doch ich gönne mir keinen Moment Ruhe, ehe ich Ihnen nicht getreu meine Botschaft überbracht habe.

GABRIELLE. Und, mein alter Freund, in welcher Verfassung hast du meinen Großvater zurückgelassen?

MARC. Etwas besser, als ich ihn vorgefunden hatte; doch immer noch sehr krank, es bleiben ihm, denke ich, keine drei Monate mehr zu leben.

GABRIELLE. War er sehr verärgert, dass ich nicht selbst gekommen bin, um nach ihm zu sehen?

MARC. Ein wenig. Ich sagte ihm, wie wir vereinbart hatten, Ihre Herrschaft hätten sich bei der Jagd den Knöchel verstaucht und seien zu Ihrem großen Bedauern ans Bett gebunden …

GABRIELLE. Bestimmt hat er gefragt, wo ich bin?

MARC. Oh ja, und ich habe erwidert, Sie seien immer noch in Cosenza. Darauf meinte er: »Er ist dieses Jahr in Cosenza, wie er letztes Jahr in Palermo war, und da war er in Palermo, wie er vorletztes Jahr in Genua war.« Ich habe eine sehr erstaunte Miene gemacht, und da er mich für vollkommen blöde hält (wie er es nennt), fiel er ganz auf meine Offenherzigkeit herein. »Wie«, sagte er, »weißt du denn nicht, wo er sich seit drei Jahren aufhält?« »Eure Hoheit wissen doch«, gab ich zurück, »dass ich in dieser Zeit den Palast hüte, den Herr Gabriel in Florenz besitzt. Um den Hubertustag geht Seine Herrschaft mit ein paar Freunden auf die Jagd, mal mit den einen, mal mit den anderen, begleitet nur von seinen Pikören und seinem Pagen. Ich würde Seine Herrschaft gerne begleiten, doch er sagt mir dann: ›Du bist zu alt, um dem Hirsch nachzulaufen, mein armer Marc; du bist nur noch dazu gut, das Haus zu hüten.‹ Und in Wahrheit ...« Da unterbrach mich Seine Hoheit: »Ich dagegen habe sagen hören, dass er keinen einzigen Diener mitnimmt, sondern immer alleine aufbricht. Und es ist aufgefallen, dass immer zur gleichen Zeit auch Astolphe Bramante Florenz verlässt.« Als ich sah, wie gut der Fürst unterrichtet ist, geriet ich beinahe aus der Fassung; doch er hält mich für so einfältig, dass ihm das gar nicht auffiel, und an Ihren Hauslehrer Pater Chiavari gewandt sagte er: »Pater, das alles erschreckt mich kaum. Ganz offensichtlich ist dort Liebe im Spiel; aber sie sind mehr in Verlegenheit, aus der Affäre herauszukommen, als ich, der ich sie im Netz dieser törichten Intrige zappeln sehe.«

GABRIELLE. Und was hat der Pater geantwortet?

MARC. Er schloss seufzend die Augen und sagte: *Die Frau ...*

GABRIELLE. Und weiter?

MARC. ... *wird immer Frau sein!* Seine Hoheit spielte mit Ihrem kleinen Hund und schien sich in den weißen Bart zu lachen, was mich ein wenig erschreckte; denn immer, wenn der Fürst irgendetwas Finsteres im Schilde führt, lächelt er so und zieht den armen Mosca an den Ohren, dass er jault.

GABRIELLE. Und was sollst du mir ausrichten?

MARC. Er war sehr harsch ...

GABRIELLE. Sag es mir ohne jede Beschönigung.

MARC. »Richte deinem Seigneur Gabriel aus, wie sehr ihn auch die Jagd erfreut oder wie sehr sein verstauchter Knöchel schmerzt, er hat binnen acht Tagen bei mir vorzusprechen und meine Befehle zu empfangen. Er darf nicht säumen, wenn er mich lebendig antreffen möchte und wünscht, dass ich ihm seinen Titel und sein Erbe rechtmäßig übertrage, denn nach meinem Tod könnte ihm beides erfolgreich streitig gemacht werden.«

GABRIELLE. Was meinte er damit? Denkt er, Astolphe möchte einen Skandal anzetteln, um wieder zu seinem Recht zu kommen?

MARC. Er denkt, Herr Astolphe hat das fest vor; und wenn Ihre Herrschaft mir gestatten, meine Meinung dazu abzugeben, so denke auch ich …

GABRIELLE. Gar nichts denkst du dazu, Marc.

MARC. Gnädiger Herr wollen mir den Mund verbieten. Dennoch ist es meine Pflicht, zu sagen, was ich weiß. Herr Astolphe hat letzten Sommer die Amme Ihrer Herrschaft nach Florenz kommen lassen und ihr Geld geboten, wenn sie vor Gericht bezeugen würde, was sie weiß und was sich bei der Geburt Ihrer Herrschaft abgespielt hat …

GABRIELLE. Man hat dich getäuscht, Marc; das ist nicht wahr.

MARC. Die Amme hat es mir neulich im Schloss von Bramante selbst gesagt und mir eine schöne, pralle Geldkatze gezeigt, die Herr Astolphe ihr gegeben hat, nur damit sie über seinen Vorschlag schweigt; denn sie hat ihm gegenüber hartnäckig geleugnet, sie hätte einen weiblichen Säugling genährt.

GABRIELLE. Diese Verräterin verkauft sich an den, der am meisten bietet; denn mit Sicherheit hat sie das meinem Großvater weitererzählt.

MARC. Ich fürchte, ja.

GABRIELLE. Na und? Wahrscheinlich hat Astolphe das getan, um nachzufühlen, wie treu meine Leute sind.

MARC. Was auch immer Herrn Astolphes Absichten gewesen sein mögen, ich glaube, es wäre an der Zeit, dass Ihre Herrschaft dem Willen Ihres Großvaters nachkommen; zumal, als ich gerade das Schloss verließ, sich der Pater zu mir stahl und mir ins Ohr flüsterte: »Richte Gabriel von einem echten Freund aus, er soll nichts Unbedachtes tun; er soll zu seinem Großvater kommen und ihm gehorchen oder vorgeben, ihm blind zu gehorchen; wenn er sich aber diesem Befehl widersetzt, soll er sich so gut verstecken, dass er vor einem Hinterhalt in Sicherheit ist. Er muss wissen, dass die Dinge ernst stehen, dass durch den geringsten gewagten Schritt die Familienehre befleckt würde und dass der Fürst in einem solchen Fall zu allem fähig ist.« Das hat mir Ihr Hauslehrer Wort für Wort so aufgetragen; und er ist Ihnen aufrichtig ergeben, gnädiger Herr.

GABRIELLE. Das glaube ich. Ich werde diese Warnung nicht in den Wind schlagen. Jetzt geh dich ausruhen, mein guter Marc; du hast es bitter nötig.

MARC. Allerdings! Vielleicht finde ich, wenn ich mich ausgeruht habe, in meiner Erinnerung noch etwas, noch ein Wort, das mir im Augenblick nicht einfallen mag.

(Er zieht sich zurück. Gabrielle ruft ihn zurück.)

GABRIELLE. Höre, Marc: Wenn mein Gatte dich fragt, sag ihm nur ja nichts von der Amme …

MARC. Oh, ganz bestimmt nicht, gnädiger Herr!

GABRIELLE. Gewöhn dir doch ab, mich so zu nennen! Wenn wir hier sind und ich diese Frauenkleider trage, gerät Astolphe bei allem, was an mein anderes Geschlecht erinnert, völlig außer sich.

MARC. Guter Gott! Das weiß ich nur zu gut. Doch was soll ich tun? Kaum habe ich mir angewöhnt, Ihre Herrschaft »gnädige Frau« zu nennen, brechen wir nach Florenz auf und Sie legen Ihre Männerkleider an. Da habe ich immer noch das »gnädige Frau« auf der Zunge, und ich fange gerade an, mich wieder ans »gnädiger Herr« zu gewöhnen, wenn Ihre Herrschaft wieder zu Kleid und Haube greift.

(Ab.)

Szene 3

GABRIELLE. Diese Geschichte mit der Amme ist eine Verleumdung. Noch eine List meines Großvaters, um mich gegen Astolphe aufzubringen. Wahrscheinlich hat er diese Frau bestochen, damit sie meinem armen Marc diese Geschichte auftischt, weil er schon weiß, dass Marc mir das weitererzählt. Oh nein, Astolphe, nein, solches Unrecht wirst du mir niemals antun! Nur weil du selbst mich daran gehindert hast, habe ich nicht den Betrug aufgedeckt, der mich dazu verdammt, dich öffentlich um einen Besitz zu bringen, den ich dir heimlich zurückerstatte, und um einen Titel, dessen Nachfolge du nicht antreten willst. Du selbst hast mir mit aller Bestimmtheit, die eine freigebige Liebe verleiht, verboten, mein Geschlecht offenzulegen und auf die erschlichenen Rechte zu verzichten, die das Gesetz mir irrtümlich zuspricht. Würdest du alles das nur im Geringsten bereuen, so wärst du so frei gewesen, es mir zu sagen; denn du weißt, dass ich es dir ohne jede Reue überlassen hätte. Damals dachte ich nicht, dass du es je fertigbringen würdest, mir Kummer zu machen. Ich hatte blindes, leidenschaftliches Vertrauen! … Inzwischen muss ich gestehen, es würde mir schwerfallen, auf das Mannsein zu verzichten, wann immer ich Mann sein möchte; denn unter dieser anderen Gestalt meines Lebens, die uns beiden nun zur Bürde geworden ist, war ich nicht lange glücklich. Wenn ich es aber müsste, um dich zu befriedigen, würde ich auch nur einen Augenblick zögern? Oh, das befürchtest du nicht, Astolphe, noch würdest du heimlich Ränke schmieden, um mich zu etwas zu zwingen, was dein einfacher Wunsch mir in aller Freiheit abverlangen kann! Du, mir einen Hinterhalt stellen! Du, ein Komplott gegen mich anzetteln! Oh, nein, nein, niemals! … Da kommt er von seinem Ausritt zurück; ich werde ihn nicht einmal darauf ansprechen, so wenig muss ich mich seiner Selbstlosigkeit und seiner Offenheit versichern.

Szene 4

ASTOLPHE, GABRIELLE

ASTOLPHE. Nun, meine gute Gabrielle, dein alter Diener ist zurück. Ich habe eben im Hof sein Pferd gesehen. Was für Neuigkeiten hat er aus Bramante?

GABRIELLE. Er sagt, unser Großvater liegt im Sterben; doch ich sage, er hat noch lange zu leben. Er ist kein Mann, der einfach so stirbt. Doch wünschen wir etwa seinen Tod? Welches Unrecht er uns auch zugefügt hat (und ich glaube, am schlimmsten war sein Unrecht gegen den, den er zum Schaden des anderen scheinbar bevorzugt), wir werden bestimmt nicht durch gottlose Wünsche den äußersten Moment schneller herbeiführen, an dem er über das Geschick seiner Kinder strenge Rechenschaft wird ablegen müssen. Möge er dort oben einen ebenso nachsichtigen Richter finden wie uns, nicht wahr, Astolphe? Hörst du mir überhaupt zu?

ASTOLPHE. Es stimmt: Du wirst mehr und mehr zum Philosophen, Gabrielle; du argumentierst von abends bis morgens, als wärst du bei der Accademia della Crusca. Kannst du nicht wenigstens drei Monate im Jahr einfach nur Frau sein?

GABRIELLE *(lächelt)*. Nun, diese drei Monate sind eben längst verstrichen, Astolphe. Das erste Vierteljahr dauerte ganz richtig drei Monate, aber das zweite schon sechs, und nächstes Jahr, so fürchte ich trotz unserer Abmachung, wird das Vierteljahr auf das ganze übergreifen. Gib mir die Zeit, um mich daran zu gewöhnen, so sehr Frau zu sein, wie ich es jetzt sein muss, um dir zu gefallen. Früher warst du nicht so schwierig mit mir, und ich habe nicht früh genug daran gedacht, meine Gelehrtensprache abzulegen. Du hättest mich warnen müssen, vom ersten Tag, an dem du mich geliebt hast, dass ich mich eines Tages würde verwandeln müssen, um deine Liebe zu bewahren!

ASTOLPHE. Das ist ein ungerechter Vorwurf, Gabrielle! Wenn er aber wahr wäre: Habe nicht ich mich verwandelt, um die Zuneigung deines Herzens zu verdienen und zu bewahren?

GABRIELLE. Es stimmt, mein lieber Engel, und nichts ist mir lieber, als falsch zu liegen. Ich werde versuchen, mich zu bessern.

ASTOLPHE *(geht sorgenvoll auf und ab, bleibt dann stehen und betrachtet Gabrielle gerührt)*. Arme Gabrielle! Wirklich, du setzt mir hart zu mit deiner ewigen Resignation.

GABRIELLE *(reicht ihm die Hand)*. Warum? Mir ist sie nicht so lästig, wie du meinst.

ASTOLPHE *(drückt Gabrielles Hand lang an seine Lippen, schreitet dann energisch auf und ab)*. Ich weiß! Du bist stark! Niemand kann in dir einen Anflug von Hochmut dingfest machen. Die Unwetter, die anderen die Seele erschüttern, können nicht das strahlende Blau des Himmels trüben, in dem dein Denken sich frei und stolz entfaltet! Leicht könnte man deine Arme in Ketten legen, denn auch eine spartanische Erziehung konnte ihre Schönheit und Zartheit nicht zerstören; deine Seele aber ist unabhängig wie die Vögel der Lüfte, wie die Fluten des Meeres; und auch vereint könnten alle Kräfte der Welt sie nicht beugen, das weiß ich wohl!

GABRIELLE. Über all diesen materiellen Kräften steht eine göttliche Kraft, die mich seit jeher an dich kettet, und das ist die Liebe. Über diese Macht erhebt sich mein Hochmut nicht. Auch das weißt du wohl.

ASTOLPHE *(unterbricht sie)*. Oh, das stimmt, meine Liebe! Aber habe ich auch nichts eingebüßt von dieser erhabenen Liebe, die es sich nicht herausnahm, mir irgendetwas abzuschlagen?

GABRIELLE *(zärtlich)*. Warum solltest du sie eingebüßt haben?

ASTOLPHE. Du erinnerst dich nicht, freigebiges Herz, du wahres Männerherz!

(Er umarmt sie.)

GABRIELLE. Siehst du, mein Freund, du findest kein größeres

Lob für mich, als mir die Eigenschaften deines Geschlechts zuzuweisen; und doch möchtest du mich oft auf die Schwäche meines eigenen Geschlechts beschränken! Wo bleibt da die Logik?

ASTOLPHE *(küsst sie)*. Weiß ich denn, was ich will? Zum Teufel mit der Logik! Ich liebe dich mit aller Leidenschaft!

GABRIELLE. Lieber Astolphe!

ASTOLPHE *(sinkt langsam auf die Knie)*. So liebst du mich also immer noch?

GABRIELLE. Das weißt du genau.

ASTOLPHE. Immer noch so wie früher?

GABRIELLE. Nicht mehr so wie früher, aber genauso innig, inniger vielleicht.

ASTOLPHE. Warum nicht so wie früher? Da hast du mir nichts abgeschlagen!

GABRIELLE. Und was schlage ich dir jetzt ab?

ASTOLPHE. Es gibt wohl etwas, was du mir abschlagen wirst, sollte ich dich einmal darum bitten.

GABRIELLE. Du Schuft! Willst du mich in eine Falle locken?

ASTOLPHE. Nun, ja, das möchte ich.

GABRIELLE. Ich flehe dich an, keine Umschweife mit mir, Astolphe. Wenn ich dir nachgebe, bin ich dann etwa auf der Hut, mit Einschränkungen und Zusicherungen?

ASTOLPHE. Ach, ich hasse Umschweife, das weißt du. Meine Seele war so naiv! Sie war genauso zutraulich, genauso unbedarft wie deine. Doch ach, ich habe mich so schuldig gemacht! Ich habe gelernt, an anderen zu zweifeln, während ich lernte, an mir selbst zu zweifeln.

GABRIELLE. Vergiss, was ich vergessen habe, und sprich.

ASTOLPHE. Es ist wieder Zeit für Florenz. Willige ein, nicht dorthin zu gehen. Du wendest den Blick ab! Du schweigst? Schlägst du es mir ab?

GABRIELLE *(traurig)*. Nein, ich willige ein; doch unter einer Bedingung: Nenn mir den Grund für deine Bitte.

ASTOLPHE. Damit verkaufst du mir deine Gunst zu teuer; bitte mich nicht, etwas zuzugeben, das mich erröten ließe.

GABRIELLE. Muss ich versuchen, es zu erraten, Astolphe? Ist es immer noch derselbe Grund wie früher?

(Astolphe nickt.)

Die Eifersucht?

(Astolphe nickt wieder.)

Was denn! Wieder! Immer noch! Mein Gott, wie unglücklich wir sind, Astolphe!

ASTOLPHE. Ach, sag das nicht! Verbirg mir die Tränen in deinen Augen, zerreiß mir nicht das Herz! Ich spüre, ich bin ein Schwächling, doch ich habe einfach nicht die Kraft, auf das zu verzichten, was du mir mit feuchten Augen und gebrochenem Herzen zubilligst! – Warum liebst du mich noch, Gabrielle? und verachtest mich nicht? Solange du mich liebst, werde ich wahnwitzige Forderungen stellen, denn so lange quält mich die Angst, dich zu verlieren. Dabei spüre ich, dass es damit enden wird, denn ich spüre, wie sehr ich dich quäle. Aber ich befinde mich unausweichlich auf einer schiefen Bahn. Lieber taumele ich gleich bis ganz nach unten, und wenn du mich erst verachtest, werde ich nicht mehr leiden, denn es wird mich nicht mehr geben.

GABRIELLE. Ach, Liebe: Hast du denn keine Religion? Hast du keine Offenbarungen, keine Gesetze, keine Propheten? Bist du denn nicht im Herzen der Menschen herangereift, gemeinsam mit Erkenntnis und Freiheit? Stehst du denn weiterhin unter der Macht des blinden Schicksals, ohne dass wir in uns selbst eine Kraft, einen Willen, eine Tugend gefunden haben, um deine Klippen zu umschiffen und um dem Untergang zu entkommen? So erhalten wir also vom Himmel keine göttliche Hilfe, um dich tief in uns zu läutern, zu veredeln, um dich über die wilden Instinkte zu erheben, dich vor deinem eigenen Wüten zu schützen und dich über deinen eigenen Wahn triumphieren zu lassen? So musst du also ewig unterliegen, verzehrt von den Flammen, die du schlägst, und so müssen wir durch unseren Hochmut und unseren Egoismus den reinsten, den göttlichsten Balsam, der uns auf Erden zugebilligt wurde, in Gift verwandeln?

ASTOLPHE. Ach, meine Freundin! Deine schwärmerische Seele erliegt immer irgendwelchen Hirngespinsten. Du träumst von einer idealen Liebe, wie ich einst von einer idealen Frau träumte. Mein Traum ist Wirklichkeit geworden, ich Glücklicher und ich Verbrecher! Deiner aber wird nie Wirklichkeit werden, meine arme Gabrielle! Nie wirst du ein Herz finden, das des deinen würdig ist; nie wirst du eine Liebe wecken, die dich befriedigt, denn es gibt keinen Kult, der deiner Göttlichkeit würdig sein könnte. Wenn die Menschen noch nicht einmal wissen, welche Ehrerbietung Gott wirklich gefiele, wie sollen sie dann auf Erden dieses Körnchen reinen Weihrauch finden, dessen Duft noch nie in den Himmel aufgestiegen ist? So steig herab aus dem Empyreum, in dem du dich bei deinem waghalsigen Flug verirrst, und trage geduldig das Joch des Lebens. Richte dein Begehren auf Gott allein, oder sei bereit, wie eine Sterbliche geliebt zu werden. Nie wirst du einem Liebhaber begegnen, der nicht eifersüchtig ist, also geizig, misstrauisch, gequält, ungerecht, despotisch.

GABRIELLE. Glaubst du, ich träume von der Liebe in einer anderen Seele als deiner?

ASTOLPHE. Das solltest und das könntest du; genau das rechtfertigt meine Eifersucht und macht sie weniger beleidigend.

GABRIELLE. Doch leider räsoniert die Liebe nicht; denn ich kann von keiner vollkommeneren Liebe träumen als der, die ich in deiner Brust verorte, und ich spüre, dass diese Liebe im Herzen eines anderen mich nicht berühren würde.

ASTOLPHE. Ach! Sag mir das, sag es noch einmal! Wiederhole es mir, immer wieder! Ja, missachte die Vernunft, beleidige die Gerechtigkeit, unterdrücke sogar noch die Stimme des

Himmels, wenn sie sich in deiner Seele gegen mich erhebt; wenn du mich nur liebst, bin ich bereit, in einem anderen Leben alle Qualen zu ertragen, die du auf dich nimmst, weil du so von Sinnen warst, mich in diesem hier zu lieben.

GABRIELLE. Nein, in Rausch und Laster will ich dich nicht lieben. Ich will dich heilig lieben und dich in meiner Seele neben die Idee Gottes stellen, neben das Streben nach Vollkommenheit. Ich will dich heilen, dich gegen dich selbst wappnen und dich auf die Höhe meiner Gedanken erheben. Versprich mir, es zu versuchen, und ich gebe dir erst einmal nach wie einem kranken Kind. Wir gehen nicht nach Florenz, ich bleibe dieses ganze Jahr über Frau, und wenn du das große Werk der Bekehrung zur wahren Liebe unternehmen willst, so verwandelt sich damit meine Traurigkeit in unvergleichliches Glück.

ASTOLPHE. Ja, das will ich, meine geliebte Gattin, und ich danke dir auf Knien, dass du es für mich willst. Kannst du bezweifeln, dass ich darin sogar dein Sklave bin statt nur dein Schüler?

GABRIELLE. Du hast es mir schon etliche Male versprochen; und da du, statt dein Wort zu halten, deine Seele immer neuen Unwettern überließest, da, statt glücklich und ruhig mit mir an diesem unbekannten Zufluchtsort zu leben, an dem du mich vor allen Blicken verborgen hast, meine Zugeständnisse deine Eifersucht nur noch mehr anfachten und die Einsamkeit deinen Verdruss nur noch steigerte, war auch ich alles andere als glücklich; denn ich sah, dass all meine Mühen verloren und all meine Opfer umsonst waren. Da trauerte ich diesen Atempausen nach, in denen ich im Männergewand immerhin das Gold, das mir mein Ahn zuweist, dafür verwenden kann, dich mit edler Entspannung und poetischen Ablenkungen zu verwöhnen ...

ASTOLPHE. Ja, die ersten Tage in Florenz oder Pisa sind für mich immer ein wahrer Zauber. Ich bin nicht gemacht für die Einsamkeit und die Stille des Landlebens; ich kann mich nicht wie du in Bücher versenken, in der inneren Einkehr auflösen. Du weißt es ja, indem ich dich Jahr für Jahr hierher zurückbringe, verurteilt der Tyrann sich selbst zu einer härteren Strafe als sein Opfer, und da ich innerlich leide, werde ich noch ungerechter. Doch im Lärmen der Welt, wenn du wieder der schöne Gabriel wirst, der begehrt, bewundert, von allen umschmeichelt wird, erfasst mich ein ganz anderes Leid; ein trägeres Leid, das vielleicht weniger schwer ist, aber rasend, unerträglich. Ich kann mich einfach nicht daran gewöhnen zuzusehen, wie die anderen Männer dir die Hand drücken oder dich vertraulich unterhaken. Ich will mir nicht klarmachen, dass du dann selbst ein Mann bist und im Schutz deiner Verwandlung gefahrlos in ihrem Zimmer schlafen könntest, wie du einst unter demselben Dach schliefst wie ich, ohne dass mein Schlaf davon getrübt war. Und dann erinnere ich mich, welch sonderbare Regung mich an deiner Seite nach und nach ergriff, wie sehr ich bedauerte, dass du keine Frau warst, und wie ich so dringend hoffte, du würdest es durch ein Wunder doch werden, dass ich am Ende ahnte, dass du in Wirklichkeit tatsächlich eine warst. Warum sollten die anderen nicht denselben Instinkt besitzen, und wie sollten sie bei deinem Anblick nicht diese unaussprechliche Unstimmigkeit empfinden, die deine Verkleidung als Mann in mir nicht unterdrücken konnte? Ach, ich leide unerhörte Qualen, wenn Menrique sein Pferd neben deines treibt, oder wenn der ungehobelte Antonio mit seiner schweren Hand durch dein Haar fährt und in einem Ton, den er für lustig hält, ruft: »Immerhin bin ich einen ganzen Abend für diese Haarpracht in Liebe erglüht!« Dann stelle ich mir vor, dass er unser Geheimnis erraten hat und sich unverschämt darin gefällt, mich mit seinen platten Anspielungen zu quälen; dann spüre ich, wie in mir die Wut aufflammt, die mich mitriss, als er dich damals bei Ludovics

Abendessen küssen wollte; und hielte mich nicht die Furcht, mich zu verraten und dich mit mir ins Verderben zu stürzen, so würde ich ihn ohrfeigen.

GABRIELLE. Wie kannst du dich so erregen, wo du doch weißt, dass diese Vertraulichkeiten mir mehr missfallen als dir selbst und dass ich sie genauso männlich von mir weisen würde, sobald sie die Grenzen der strengsten Keuschheit überschritten?

ASTOLPHE. Ich weiß es und leide trotzdem nicht weniger! Manchmal beschuldige ich dich auch des Leichtsinns; ich stelle mir vor, du würdest, um mich für meine Ungerechtigkeit zu strafen, mit meinen Qualen ein Spielchen treiben; ich beleidige dich schon in Gedanken ... und es ist schon viel, wenn ich die Kraft habe, mir das vor dir nicht anmerken zu lassen.

GABRIELLE. Dann sehe ich, dass deine Kraft erschöpft ist, dass du kurz vor dem Zerplatzen stehst, kurz davor, dich mit Schande und Lächerlichkeit zu bedecken oder dieses gefährliche Geheimnis zu enthüllen; und ich lasse mich hierher zurückbringen, obwohl du mich hier weniger liebst, denn wenn du den umkämpften Besitz hier in aller Ruhe genießen kannst, ist es, als würde deine Liebe erlahmen und verlöschen wie eine ungenährte Flamme.

ASTOLPHE. Ich kann es nicht leugnen, dann straft mich Gott für meinen Unglauben. Dabei spüre ich, dass ich dich nicht weniger liebe: Denn beim geringsten Anlass lodert meine Wut aufs Neue; und in der Ruhe ergreift mich selbst an deiner Seite eine furchtbare Langeweile. Du bist mir ein Segen, und mir ist, als würdest du mich hassen. Nachts halte ich dich im Arm, und ich träume, ein anderer würde dich besitzen. Ach, meine Geliebte, erbarme dich meiner; ich gestehe dir meine Verzweiflung, verachte mich nicht; nimm diesen Fluch von mir, mach, dass ich dich liebe, wie du geliebt sein möchtest!

GABRIELLE. Was also sollen wir tun? Die Welt mit mir lässt

dich verzweifeln, die Einsamkeit an meiner Seite verzehrt dich. Möchtest du dich ein paar Tage lang zerstreuen? Möchtest du ohne mich nach Florenz reisen?

ASTOLPHE. Manchmal denke ich, das würde mir guttun; aber ich weiß, kaum wäre ich dort, würden mich im Schlaf die schlimmsten Träume heimsuchen. Tags könnte ich dein Bild anbetend in meiner Seele tragen, doch nachts sähe ich dich hier mit einem Rivalen.

GABRIELLE. Was! So sehr misstraust du mir? So sperr mich in einem Keller ein, lass Marc mir durch eine Klappe mein Essen bringen, nimm die Schlüssel mit, lass die Tür zumauern; vielleicht wärst du dann beruhigt?

ASTOLPHE. Nein! Ein Mann käme vorbei, betrachtete dich durch die Klappe, und schon dadurch, dass er dich sähe, wäre er glücklicher als ich, der dich nicht sieht.

GABRIELLE. Du siehst selbst, mit diesen einfachen Mitteln ist der Eifersucht nicht beizukommen. Je mehr man ihr nachgibt, desto mehr nährt man sie; nur Willenskraft kann davon heilen. Geh diese Heilung an, wie man das Studium der Philosophie angeht. Bemühe dich, deine Leidenschaft durch die Moral zu zügeln.

ASTOLPHE. Woher nimmst du nur die Kraft, deine zu zügeln und sie deinem Willen zu unterwerfen? Du bist nicht eifersüchtig auf mich; liebst du mich denn nur durch eine Anstrengung deiner Vernunft oder deiner Tugend?

GABRIELLE. Gerechter Himmel! Wo kämen wir hin, wenn ich dir das Böse zurückgäbe, das du mir antust! Armer Astolphe! Ich habe meine Seele vor dieser Versuchung bewahrt, obwohl ich sie manchmal verspürt habe, das weißt du! Doch dein Beispiel hat mich ernsthaft zum Nachdenken gebracht, und ich habe mir geschworen, es dir nicht gleichzutun. Doch was hast du? Du wirst ganz bleich!

ASTOLPHE *(sieht aus dem Fenster)*. Da, Gabrielle! Wer kommt da in unseren Hof? Sieh doch!

GABRIELLE *(gleichgültig).* Ich höre ein Pferd galoppieren.
(Sie blickt in den Hof.)

Antonio, scheint mir! Ja, er ist es. Man meint fast, er hätte dein Loblied auf ihn gehört und käme jetzt so pünktlich, wie es für ihn typisch ist.

ASTOLPHE *(erregt).* Das Scherzen fällt dir ziemlich leicht ... Doch was will er hier? Und wie hat er unser Versteck gefunden?

GABRIELLE. Woher soll ich es besser wissen als du?

ASTOLPHE *(immer erregter).* Mein Gott! Was weiß ich ...

GABRIELLE *(vorwurfsvoll).* Oh! Astolphe ...

ASTOLPHE *(mit verhaltener Wut).* Forderten Sie mich nicht eben auf, allein nach Florenz zu reisen? Vielleicht kommt Antonio einen Tag zu früh. Man kann sich in Tag und Stunde irren, wenn man ein kleines Gedächtnis hat und große Ungeduld ...

GABRIELLE. Schon wieder! Astolphe, dein Versprechen ist schon wieder vergessen! Schon erwiderst du meine Unterwerfung mit Beleidigungen!

ASTOLPHE *(verbittert).* Sehr laut aufzubrausen ist die einzige Rettung in höchster Unbeholfenheit. Ich rate Ihnen, mich über und über mit Flüchen zu bedecken – vielleicht wäre ich noch töricht genug, Sie um Verzeihung zu bitten. Wie oft ist mir das schon passiert!

GABRIELLE *(hebt heftig die Hand gen Himmel).* Oh, mein Gott! Großer Gott! Mach, dass ich das alles hier nicht irgendwann satthabe!
(Ab, Astolphe folgt ihr und sperrt sie in ihrem Zimmer ein, den Schlüssel steckt er in seine Tasche.)

Szene 5

MARC. Herr Astolphe, Herr Antonio möchte Sie sehen. Obwohl ich ihm versichert habe, Sie seien nicht hier, Sie seien nie hier gewesen, ich hätte bei meinem Herrn den Dienst quittiert ... Was für dreiste Lügen habe ich ihm nicht aufgetischt! ... Er blieb dabei, er habe Sie im Park gesehen, eine Stunde lang habe er den Graben umrundet, um einen Eingang zu finden; und jetzt sei er hier und werde nicht gehen, ohne Sie zu sehen.

ASTOLPHE. Ich gehe zu ihm; du räum diesen Salon auf, lass alles verschwinden, was deiner Herrin gehört, und bleib hier, bis ich dich rufe!

(Beiseite.)

Nun, nur Mut! Ich werde ihm schon etwas vorspielen können; doch wenn ich herausfinde, was ich befürchte, dann weh dir, Antonio! Und weh uns beiden, Gabrielle!

(Ab.)

Szene 6

MARC. Was er nur hat? Wie aufgewühlt er ist! Ach, meine arme Herrin hat wirklich kein Glück!

GABRIELLE *(klopft an die Tür)*. Marc! Mach auf! Schnell! Brich diese Tür auf. Ich will raus!

MARC. Mein Gott! Wer hat denn Ihre Herrschaft eingesperrt? Zum Glück habe ich den zweiten Schlüssel in der Tasche ...

(Er sperrt auf.)

GABRIELLE *(in Mantel und Hut als Mann)*. Hier! Nimm diesen Koffer und lauf, sattle mein Pferd und deines. Ich will auf der Stelle weg von hier.

MARC. Ja, ganz recht! Herr Astolphe ist ein undankbarer Mensch, er denkt nur an Ihr Vermögen ... Dass er es wagt, Sie einzusperren! ... Egal, wie erschöpft ich bin, mit Freuden bringe ich Sie ins Schloss von Bramante.

GABRIELLE. Still, Marc, und kein Wort gegen Astolphe; ich gehe nicht nach Bramante. Folg mir, wenn du mich liebst; lauf und mach die Pferde fertig.

MARC. Meins ist noch gesattelt, und Ihres auch schon. Sie wollten doch heute im Park ausreiten. Wir müssen ihnen nur noch das Zaumzeug anlegen.

GABRIELLE. Dann los!

(Marc ab.)

Du weißt, mein Gott, ich tue das nicht aus Groll, und mein Herz hat ihm schon verziehen; aber koste es, was es wolle, ich will Astolphe von dieser wütenden Krankheit befreien. Mit allen Mitteln will ich versuchen, der Liebe zum Triumph über die Eifersucht zu verhelfen. Alle Heilmittel, die ich schon versucht habe, würden zu Gift; doch eine harte, unerwartete Lektion wird ihn vielleicht zum Nachdenken bringen. Je tiefer der Sklave sich beugt, desto schwerer wird ihm das Joch; je öfter der Mann eine ungerechte Macht einsetzt, desto notwendiger wird ihm die Ungerechtigkeit! Er muss lernen, wie Tyrannei auf stolze Seelen wirkt, und er soll nicht denken, dass eine edle Liebe sich so leicht ausnutzen lässt! Da kommt er mit Antonio die Treppe herauf. Leb wohl, Astolphe! Mögen wir uns in besseren Zeiten wiedersehen! Weinen wirst du in dieser einsamen Nacht! Möge dein guter Engel dir zuflüstern, dass ich dich immer noch liebe!

(Sie schließt ihre Zimmertür und zieht den Schlüssel ab; dann verschwindet sie durch eine der Salontüren, während Astolphe durch die andere eintritt, gefolgt von Antonio.)

Teil 5

Rom, hinter dem Kolosseum. Beginnende Abenddämmerung

Szene 1

GABRIEL *(als Mann. Schwarzer, eleganter, strenger Anzug, Degen an der Seite. In der Hand einen geöffneten Brief.)*

GABRIEL. Endlich gewährt mir der Papst diese Audienz, und im Geheimen, wie ich es wollte! Gott, schütze mich und mach, dass zumindest Astolphe mit seinem Schicksal zufrieden ist! Meines lege ich in deine Hände, Vorsehung, rätselhafte Bestimmung!
(An einer Kirche läutet es sechs Uhr.)
Es ist Zeit für die Audienz beim Heiligen Vater. Gott, vergib mir diesen letzten Trug. Du weißt, wie rein meine Absichten sind. Ich lebe ein Lügenleben; doch nicht ich habe es so eingerichtet, und mein Herz liebt die Wahrheit! ...
(Er hakt seinen Mantel zu, zieht sich den Hut tief in die Augen und geht aufs Kolosseum zu. Antonio, der eben herauskommt, vertritt ihm den Weg.)

Szene 2

GABRIEL, ANTONIO

ANTONIO *(maskiert).* Zu lange schon laufe ich Ihnen nach, suche und spähe nach Ihnen. Endlich habe ich Sie; diesmal werden Sie mir nicht entkommen.
(Gabriel will vorbei; Antonio hält ihn am Arm zurück.)
GABRIEL *(macht sich frei).* Lassen Sie mich, mein Herr, ich gehöre nicht zu Ihnen.

ANTONIO *(nimmt die Maske ab).* Ich bin Antonio, Ihr Diener und Freund. Ich muss mit Ihnen reden; bitte hören Sie mich an.

GABRIEL. Das ist ganz unmöglich. Eine dringende Angelegenheit erwartet mich. Ich wünsche einen schönen Abend.

(Er will weiter; Antonio hält ihn wieder auf.)

ANTONIO. Sie werden nicht gehen, ohne mir eine Verabredung zu geben und mir zu sagen, wo Sie wohnen. Ich hatte bereits die Ehre vorzubringen, dass ich unter vier Augen mit Ihnen sprechen möchte.

GABRIEL. Ich bin seit einer Stunde in Rom und reise augenblicklich ab. Leben Sie wohl.

ANTONIO. Sie sind seit drei Monaten in Rom und werden nicht abreisen, ohne mich anzuhören.

GABRIEL. Sie entschuldigen mich; wir haben uns nichts Besonderes zu sagen, und ich wiederhole, ich habe es eilig, Sie zu verlassen.

ANTONIO. Ich muss mit Ihnen über Astolphe sprechen. Sie werden verstehen.

GABRIEL. Nun, ein andermal. Heute ist es unmöglich.

ANTONIO. So nennen Sie mir Ihre Wohnung.

GABRIEL. Das kann ich nicht.

ANTONIO. Ich werde sie finden.

GABRIEL. Sie wollen mir eine Unterredung aufzwingen?

ANTONIO. Ich werde sie bekommen. Am besten hören Sie mich auf der Stelle an. Ich brauche nur zwei Worte.

GABRIEL. Nun, heraus mit den beiden Worten; ein drittes werde ich nicht anhören.

ANTONIO. Fürst de Bramante, Ihre Hoheit sind eine Frau!

(Beiseite.)

Geschafft! Wer wagt, gewinnt!

GABRIEL *(beiseite).* Herr im Himmel! Astolphe hat es ihm gesagt!

(Laut.)

Was soll dieser törichte Unfug? Ich hoffe, das ist ein Karnevalsscherz?

ANTONIO. Töricht? Gewagtes Wort! Wären Sie nicht eine Frau, Sie würden es nicht zu wiederholen wagen.

GABRIEL. Er weiß nichts! Eine plumpe Falle!

(Laut.)

Sie sind ein Tor, so wahr ich ein Mann bin.

ANTONIO. Doch da ich das nicht glaube ...

GABRIEL. Sie meinen, Sie seien kein Tor: Ich werde es Ihnen beweisen.

(Er gibt ihm eine Ohrfeige.)

ANTONIO. Halt, Meister! Stammt diese Ohrfeige von der Hand einer Frau, so werde ich sie mit einem Kuss bestrafen; doch wenn Sie ein Mann sind, fordere ich Genugtuung.

GABRIEL *(zieht den Degen)*. Sobald Sie wollen.

ANTONIO *(ebenfalls mit Degen)*. Einen Augenblick! Zunächst muss ich Ihnen sagen, was ich denke, darin sollen Sie sich nicht täuschen. Nach Herz und Gewissen habe ich seit dem Abend, an dem ich Sie bei Ludovic zum ersten Mal als Frau gekleidet sah, nie aufgehört zu glauben, dass Sie eine Frau sind. Ihre Größe, Ihre Gestalt, Ihre Zurückhaltung, der Klang Ihrer Stimme, Ihr Handeln und Ihr Gang, Astolphes reizbare Freundschaft, die so ganz nach Liebe und Eifersucht aussieht, das alles gab mir Anlass zu denken, dass Sie bei Ludovic nicht verkleidet waren, sondern dass Sie es jetzt sind ...

GABRIEL. Mein Herr, machen wir es kurz; Sie sind übergeschnappt. Ihre absurden Ausführungen kümmern mich nicht, wir müssen uns duellieren; ich warte.

ANTONIO. Oh! Ein bisschen Geduld, wenn ich bitten darf. Obwohl ich kaum unterliegen dürfte, könnte ich in diesem Duell doch mein Leben lassen; ich will nicht, dass Sie von mir denken, ich wollte einem Knaben den Hof machen, das widerspricht mir gänzlich. Ich dagegen möchte mich nicht mit dem Gedanken abfinden müssen, dass ich gegen eine Frau antrete; denn dieser Gedanke wäre mir allzu widerwärtig. Um den ersten Fall auszuschließen, will ich Ihnen sagen, dass ich kürzlich zufällig in Kenntnis einiger Einzelheiten bezüglich Ihrer Familie gelangt bin, die sehr gut einen Geschlechterwechsel erklären würden, um ein Majoratserbe zu bewahren.

GABRIEL. Das geht zu weit, Monsieur! Sie beschuldigen mich der Lüge und des Betrugs. Sie beleidigen meine Eltern! Jetzt schulden Sie mir Genugtuung. Verteidigen Sie sich.

ANTONIO. Ja, wenn Sie ein Mann sind, will ich das; denn in diesem Fall haben Sie schon immer so unter meinen Avancen zu leiden gehabt, dass ich Ihnen eine Lektion schuldig bin. Doch da ich mir Ihres Geschlechts nicht sicher bin (ja, bei meiner Ehre, in diesem Moment zweifle ich noch immer!), werden wir uns, wenn Sie gestatten, mit unbedeckter Brust duellieren.

(Er beginnt sein Wams aufzuknöpfen.)

Bitte folgen Sie meinem Beispiel.

GABRIEL. Nein, Monsieur, ich möchte mir keine Erkältung einfangen, um Ihrer unverschämten Laune nachzukommen. Wollte ich Ihre unverschämte Vermutung anders widerlegen als mit der Waffe, so hieße das einräumen, dass sie eine Art Grundlage hat, und Sie wissen sehr gut: Einen Mann zu beleidigen, weil er nicht groß und kräftig ist, ist von unerhörter Feigheit. Behalten Sie Ihren Zweifel, wenn Sie das wollen, bis Sie an der Art, wie ich meinen Degen führe, erkennen, ob ich das Recht habe, ihn zu tragen.

ANTONIO *(beiseite)*. So spricht aber doch ein Mann ...!

(Laut.)

Sie wissen, dass ich mir im Duellieren einen gewissen Ruf erworben habe?

GABRIEL. Mut macht den Mann, und ein Ruf macht noch keinen Mut.

ANTONIO. Aber Mut macht den Ruf ... Sind Sie ganz sicher? ...

Hören Sie! Sie haben mich geohrfeigt, und das ist unent-
schuldbar ... Dennoch werde ich Ihre Entschuldigung an-
nehmen, wenn Sie sie mir entbieten wollen ... Denn ich
kann mich des Gedankens nicht erwehren ...

GABRIEL. Eine Entschuldigung? Passen Sie auf, was Sie sagen,
mein Herr, und zwingen Sie mich nicht, Sie ein zweites Mal
zu ohrfeigen ...

ANTONIO. Oh! Das ist zu viel der Unverfrorenheit! ... *En
garde!* ... Ihr Degen ist kürzer als meiner. Möchten Sie tau-
schen?

GABRIEL. Meiner ist mir ganz recht.

ANTONIO. Wir können ja losen ...

GABRIEL. Ich sagte schon, ich habe es eilig; so verteidigen Sie
sich doch!

(Er greift ihn an.)

ANTONIO *(beiseite, aber laut).* Wenn es eine Frau ist, wird sie
davonlaufen! ...

(Er bringt sich in Stellung.)

Nein ... Beginnen wir mit einer leichten Attacke ... Wenn
ich ihm einen kleinen Schmiss zufüge, wird er doch das
Wams ausziehen müssen ...

(Das Duell beginnt.)

Teufel auch! So kämpft wahrlich ein Mann! Das ist kein Spaß
mehr. Achtung, Fürst! Ich schone Sie nicht mehr!

*(Sie kämpfen kurz; Antonio stürzt schwer verletzt zu
Boden.)*

GABRIEL *(hebt seinen Degen).* Sind Sie befriedigt, Monsieur?

ANTONIO. Das wäre man schon bei weniger! Ich denke, ich werde nicht mehr auf den Gedanken kommen, Sie für eine Frau
zu halten! ... Da kommen Leute, verschwinden Sie, Fürst! ...

(Er versucht aufzustehen.)

GABRIEL. Aber Sie sind verletzt! ... Ich will Ihnen helfen ...

ANTONIO. Nein; helfen werden mir die Leute, die da kommen,
und Ihnen könnten sie etwas anhängen. Leben Sie wohl! Das

erste Unrecht war auf meiner Seite, ich vergebe Ihnen Ihres. Ihre Hand?

GABRIEL. Hier ist sie.

(Sie schütteln sich die Hand. Das Lärmen der Passanten kommt näher. Antonio scheucht Gabriel weg. Gabriel zögert kurz zu fliehen, dann entfernt er sich.)

ANTONIO. Das war aber doch die Hand einer Frau! Frau oder Teufel, jedenfalls hat er mich übel zugerichtet! ... Aber es kümmert mich nicht, wenn dieses Abenteuer bekannt wird, denn der Spott gebührt mir genauso wie der Schaden. Ich schaffe es noch in mein Quartier ... Das wird ein trauriger Karneval! ...

(Er schleppt sich mühsam fort und verschwindet im Säulengang des Kolosseums.)

Szene 3

ASTOLPHE, DER PRÄZEPTOR

ASTOLPHE *(im Domino-Kostüm, die Maske in der Hand).* Ich vertraue Ihnen; hundertmal hat Gabrielle mir gesagt, Sie seien ein Ehrenmann. Wenn Sie mich verraten ... was soll's? Unglücklicher als jetzt kann ich nicht werden.

DER PRÄZEPTOR. Für mich gilt ungefähr dasselbe. Auch wenn Sie mich indirekt verraten, indem Sie den Fürst wissen lassen, dass ich mich mit Ihnen abgesprochen habe: Schlechter als jetzt kann ich bei ihm nicht dastehen; denn inzwischen muss ihm klar sein, dass ich Gabriel nicht in seine Hände zu treiben versuche, sondern ihn nur noch finden will, um ihn vor seiner Verfolgung in Sicherheit zu bringen.

ASTOLPHE. Ach! Vielleicht ist Gabrielle, während wir hier suchen, schon längst in seine Fänge geraten. Wahnwitziger Alter! Was erhofft er sich von so einer Entführung? An unserer gemeinsamen Lage kann sie doch nichts ändern; lange dauern kann sie auch nicht. Hofft er etwa, er könnte dem allgemeinen Gesetz entgehen und über das Ende hinaus leben, das die Natur ihm zuweist?

DER PRÄZEPTOR. Die Ärzte haben ihn schon vor einem halben Jahr aufgegeben. Aber der Winter ist fast zu Ende; und wenn er die letzten kalten Tage übersteht, kann er gut auch noch den Sommer erleben.

ASTOLPHE. Vor allem aber müssen wir jetzt herausfinden, wo Gabrielle sich versteckt oder einsitzt. Wenn sie gefangen ist, glauben Sie mir, werde ich sie auf der Stelle befreien.

DER PRÄZEPTOR. Ihr Wort in Gottes Ohr! Sie wissen ja, wenn Gabriel nicht bald gefunden wird, hat der Fürst vor, Sie als Mörder vor Gericht zu stellen.

ASTOLPHE. Diese Drohung wäre für mich ein sicherer Beweis, dass Gabriel in seinen Fängen ist. Was für ein Feigling!

DER PRÄZEPTOR. Ich befürchte sogar noch Schlimmeres …

ASTOLPHE. Still; seit drei Monaten suche ich vergeblich nach ihr, das entmutigt mich genug.

DER PRÄZEPTOR. Suchen Sie denn auch mit aller Sorgfalt, mein lieber Herr Astolphe?

ASTOLPHE *(verbittert)*. Bezweifeln Sie das?

DER PRÄZEPTOR. Nun ja, ich treffe Sie verkleidet an, maskiert für den Karneval, als wären Sie auf dem Weg zu einer Vergnügung …

ASTOLPHE. Sie Lehrmeister, immer tadeln Sie zuerst, bevor Sie nachdenken. Sollten Sie nicht eher denken, dass ich eine Maske trage und durch die ganze Stadt laufe, um ungehindert suchen zu können, ohne Misstrauen zu erwecken? Karneval war schon immer eine günstige Gelegenheit für Liebende, Eifersüchtige und Diebe.

DER PRÄZEPTOR. Öffnen Sie mir Ihre Seele bis auf den Grund, Herr Astolphe; ist Gabrielle Ihnen genauso teuer wie zu Beginn Ihrer Vereinigung?

ASTOLPHE. Mein Gott! Was habe ich denn getan, dass Sie daran zweifeln? Wollen Sie meinen Kummer noch vergrößern?

DER PRÄZEPTOR. Gott bewahre! Doch mir schien bei unseren zahlreichen Gesprächen, in Ihre Zuneigung zu ihr mischten sich Gedanken anderer Natur.

ASTOLPHE. Und welche, wenn ich bitten darf?

DER PRÄZEPTOR. Nehmen Sie es mir nicht übel: Ich bin entschlossen, alles für Sie zu tun, das wissen Sie; aber ich kann Ihnen meinen kirchlichen und rechtlichen Dienst nicht erweisen, wenn ich nicht ganz sicher bin, dass Gabrielle es hinterher nicht bereuen muss. Sie wollen Ihre Cousine auffordern, heimlich eine legitime Ehe einzugehen: Diesen Entschluss kann ich nach meinem religiösen Urteil nur billigen; doch da ich an alles denken und die Dinge von allen Seiten betrachten muss, wundere ich mich doch, dass Sie, obwohl Sie an die heilige katholische Kirche gar nicht glauben, vorhaben, dieses Versprechen zu erbitten, an das Gabrielle, wie Sie sagen, nie gedacht hat; doch dazu soll ich sie nun überreden.

ASTOLPHE. Sie wissen, ich bin aufrichtig, Pater Chiavari; ich kann Ihnen die Wahrheit nicht verwehren, da Sie mich danach fragen. Ich bin entsetzlich eifersüchtig. Ich war ungerecht, außer mir, ich habe Gabrielle verletzt, und Sie haben mir dazu die vollständige Beichte abgenommen. Sie hat mich verlassen, um mich für eine dreiste Verdächtigung zu strafen. Dabei hat sie mir vergeben, und sie liebt mich noch immer: Hat sie mich doch mehrmals durch geheimnisvolle Aktionen ermuntert, Hoffnung und Vertrauen zu wahren. Dieses Billett, das ich noch letzte Woche erhielt, mit nur einem Wort darin: *»Hoffe!«*, stammt unbestreitbar von ihrer Hand, die Tinte war noch frisch. Also ist Gabrielle hier! Oh ja, ich hoffe! Bald werde ich sie wiederfinden, und ich werde sie all meine Verfehlungen vergessen machen. Allerdings wissen Sie um die Schwäche des Mannes; ich könnte später

wieder neue Fehler begehen, und ich will nicht, dass Gabrielle mich dann so leicht verlassen kann. Diese Prüfungen sind
zu grausam, und ich spüre, dass die wenige Autorität, die sie
mir mit einem heiligen Schwur zubilligen würde, mich vor
neuerlichen Reaktionen ihres Stolzes und Unabhängigkeits-
drangs schützen würde.

DER PRÄZEPTOR. Dann wollen Sie also der Herr sein? Wenn
ich Ihnen einen Rat geben dürfte, würde ich Sie davon ab-
bringen. Ich kenne Gabriel: Ich sollte ihn zum Mann machen; und das ist mir nur allzu gut gelungen. Niemals wird er
einen Herrn über sich dulden; und was Sie nicht durch Über-
zeugung erreichen, werden Sie nie erreichen. Es war an der
Zeit, dass mein Lehramt zu Ende ging. Glauben Sie mir, versuchen Sie es nicht wieder aufleben zu lassen, und vor allem
übernehmen nicht Sie dieses Amt. Gabriel würde wieder
tun, was er mit Ihnen und mit mir schon früher getan hat; er
würde Ihnen weder seine Zuneigung noch seine Wertschätzung entziehen, aber eines schönen Morgens würde er gehen, wie ein Adler den Spatzenkäfig sprengt, in den man ihn
gesperrt hat.

ASTOLPHE. Gabrielle ist zwar nicht frommer als ich, aber ein
Schwur würde sie unwiderruflich binden.

DER PRÄZEPTOR. Hat er Ihnen denn nie einen geleistet?

ASTOLPHE. Im Angesicht des Himmels hat sie mir Treue geschworen.

DER PRÄZEPTOR. Wenn er diesen Eid geschworen hat, hat er
ihn gehalten und wird ihn immer halten.

ASTOLPHE. Gehorsam dagegen hat sie mir nicht geschworen.

DER PRÄZEPTOR. Wenn er das nicht wollte, will er es nicht und
wird es niemals wollen.

ASTOLPHE. Sie wird es müssen; ich werde sie zwingen.

DER PRÄZEPTOR. Das glaube ich nicht.

ASTOLPHE. Sie vergessen, dass ich das in der Hand habe. Ich
kenne ihr Geheimnis.

DER PRÄZEPTOR. Sie werden es nie missbrauchen, haben Sie mir gesagt.

ASTOLPHE. Ich werde es ihr androhen.

DER PRÄZEPTOR. Das wird ihm keine Angst machen. Er weiß, dass Sie den Namen, den Sie beide tragen, nicht entehren wollen.

ASTOLPHE. Es ist ein Irrtum zu glauben, die Schuld der Väter würde auf die Kinder übergehen.

DER PRÄZEPTOR. Doch dieser Irrtum regiert die Welt.

ASTOLPHE. Gabrielle und ich stehen über diesem Irrtum ...

DER PRÄZEPTOR. So haben Sie also vor, das Geheimnis um ihr Geschlecht zu enthüllen?

ASTOLPHE. Außer Gabrielle vereint sich mir mit ewigen Banden.

DER PRÄZEPTOR. Dann wird er nachgeben; denn das weiß ich bestimmt: Was er auf der Welt am meisten fürchtet, ist, durch Gesetzeskraft in den Sklavenstand versetzt zu werden.

ASTOLPHE. Sie waren es, Pater Chiavari, der ihr all diese Tollheiten in den Kopf gesetzt hat, und ich begreife nicht, warum Sie ihre Erziehung so ausgerichtet haben. Sie haben ihr damit ewigen Kummer beschert. Ein Mann von Verstand, ein Ehrenmann wie Sie hätte sie rechtzeitig aufklären und sich den Absichten des alten Fürsten widersetzen müssen.

DER PRÄZEPTOR. Ja, dieses Verbrechen bereue ich, und nichts wird je meine Reue tilgen; doch alles war so gut eingerichtet, und der Schüler ging mir so gut auf den Leim, dass ich schließlich selbst der Täuschung erlag und glaubte, dieses unmögliche Schicksal würde sich so verwirklichen, wie sein Großvater es geplant hatte.

ASTOLPHE. Und vielleicht gefiel es Ihnen auch, ein naturphilosophisches Experiment durchzuführen. Und, was haben Sie herausgefunden? Dass eine Frau durch Erziehung genauso viel Logik, Erkenntnis und Mut erwerben kann wie ein Mann. Doch Sie konnten nicht verhindern, dass sie ein empfindsameres Herz hat und dass bei ihr die Liebe über die Hirngespinste des Ehrgeizes triumphiert. Das Herz ist Ihnen entgangen, Pater, Sie haben nur den Kopf geformt.

DER PRÄZEPTOR. Und genau das sollte Ihnen diesen Kopf für alle Zeit ehrbar und heilig machen! Hören Sie, ich will Ihnen etwas Unvorsichtiges sagen, etwas Wahnwitziges, das dem Glauben, den ich predige, widerspricht, sowie den religiösen Pflichten, die mir auferlegt sind. Schließen Sie mit Gabrielle keine Ehe. Verkleidet soll sie leben und sterben, glücklich und frei an Ihrer Seite. Als Erbe eines großen Vermögens wird sie Sie zu gleichen Teilen daran teilhaben lassen. Als keusche, treue Geliebte wird sie in Freiheit leben und doch durch Ihre und ihre eigene Liebe gebunden sein.

ASTOLPHE. Ach! Wenn Sie glauben, mir ginge es um mein Anrecht auf dieses Vermögen, so täuschen Sie sich und tun mir Unrecht. In meiner frühen Jugend hatte ich tatsächlich kostspielige Bedürfnisse; in zwei Jahren verprasste ich den mageren Besitz meines Vaters, den sein eigener Vater ihm in seinem Hass nicht hatte vorenthalten können. Ich hatte es eilig, diese armseligen Reste einer vergangenen Größe loszuwerden. Ich gefiel mir in dem Gedanken, ein Abenteurer zu sein, ein *Lazzarone*, und nackt und bloß auf der Schwelle der Paläste zu schlafen, die den erlauchten Namen meiner Vorfahren trugen. Da kam Gabriel und rettete seine Ehre wie meine, indem er meine Schulden tilgte. Ich nahm seine Geschenke ohne falsche Rücksicht an, malte ich mir doch aus, wie sehr seine noble Seele das Geld verachten musste. Doch als ich sah, wie er meine hemmungslosen Ausgaben deckte, ohne selbst daran teilzuhaben, überkam mich der Gedanke, mich zu bessern, und nach und nach wurde ich der Ausschweifung müde; und als ich dann in diesem freundlichen Gefährten eine bezaubernde Frau erkannte, betete ich sie an und dachte nur noch an sie … Damals war sie bereit, mir öffentlich all meine Rechte zurückzuerstatten. Sie wollte es, denn mehrere Monate lang lebten wir keusch wie Bruder und Schwester, und es kam ihr nicht in den Sinn, dass ich je andere Rechte auf sie haben könnte als die der Freundschaft. Ich dagegen sehnte mich nach ihrer Liebe. Die meine beanspruchte mein ganzes Wesen. Ich begriff nichts mehr von den Worten Macht, Reichtum und Ruhm, die ich insgeheim manchmal bitter verwünscht hatte. Nicht einmal Groll hegte ich mehr; ich war bereit, den alten Jules zu segnen, weil er dieses Geschöpf erschaffen hatte, das seinem Geschlecht derart überlegen war, das meine Seele mit grenzenloser Liebe erfüllte und bereit war, sie zu teilen. Sobald ich darauf hoffen konnte, ihr Geliebter zu werden, hatte ich keinen Gedanken, kein Begehren mehr für eine andere als sie; und als ich ihr Geliebter war, ging mein Sein in einem solchen Glück auf, dass ich all die Entbehrungen der Armut gar nicht mehr wahrnahm. Mehrere Monate lang lebte sie in meiner Familie, ohne dass einer von uns auf den Gedanken kam, das Vermögen des Ahnen anzutasten. Gabrielle gab sich als meine Frau aus, wir dachten, das könne für immer so bleiben, der Fürst würde uns vergessen, in uns würde sich nie ein Bedürfnis regen, das den sehr begrenzten Wohlstand überstiege, in den meine Mutter uns aufnahm; und in unserem Rausch merkten wir nicht, dass wir ihr zur Last fielen und von Feindseligkeit umgeben waren. Als wir zu dieser schmerzlichen Einsicht gelangt waren, dachten wir daran, ins Ausland zu fliehen und dort in Sicherheit vor jeder Verfolgung von unserer Hände Arbeit zu leben. Doch Gabrielle fürchtete die Armut für mich, und ich fürchtete sie für sie. Sie erwog auch, mich mit ihrem Großvater zu versöhnen und mich ebenfalls in den Genuss seiner Wohltaten zu bringen. Sie versuchte das ohne mein Wissen, doch es war vergebens. Da kehrte sie zu mir zurück, und seit drei Jahren sehen Sie sie Jahr für Jahr ein paar Wochen im Schloss von Bramante, und ein paar Monate in Florenz oder Pisa; doch das

restliche Jahr verging im tiefsten Kalabrien, in einem sicheren, reizenden kleinen Refugium, wo wir ein beneidenswer-
tes Leben geführt hätten, hätte nicht eine düstere Eifersucht,
eine formlose, nagende Unruhe, ein namenloses Übel, das
ich mir selbst nicht erklären kann, nach mir gegriffen. Den
Rest kennen Sie, und Sie sehen ja: Ich bin zwar unglücklich
und schuldhaft; die Habsucht aber hat an meinem Leid und
meiner Verwirrung keinen Anteil.

DER PRÄZEPTOR. Sie dauern mich, edler Astolphe, und ich
würde mein Leben geben, um Ihnen dieses Glück zurückzu-
bringen, das Sie verloren haben; doch mir scheint, Sie sind
auf einem Irrweg, wenn Sie dafür Gabrielles Geschick an Ihres ketten wollen. Bedenken Sie auch die Nachteile dieser
Ehe, und wie falsch es wäre, an die Stärke dieses Bundes zu
glauben. Nie könnten Sie sich vor der Gesellschaft auf ihn
berufen, ohne Gabrielles Geschlecht zu verraten, und damit
könnte Gabrielle sich ihm entziehen; denn Sie sind nah ver-
wandt, und wenn der Papst Ihnen keinen Dispens erteilen
möchte, wird Ihre Ehe ohnehin aufgelöst.

ASTOLPHE. Das ist richtig; doch bis dahin wird Fürst Jules nicht
mehr sein – welchen großen Nachteil soll es dann haben,
dass Gabrielle ihr wahres Geschlecht offenlegt?

DER PRÄZEPTOR. Sie wird es nicht wollen! Sie können sie
zwingen, und vielleicht wird sie aus innerer Größe nicht die
Auflösung Ihres Bundes verlangen. Sie aber, junger Mann,
der Sie nur durch eine Art Handel ihre Hand bekommen haben, nämlich unter dem ausdrücklichen oder stillschweigen-
den Versprechen, ihr Geschlecht nicht zu offenbaren, Sie
würden, um sie zu zwingen, genau dieses Versprechen nutzen, das Sie ihr abgerungen hätten.

ASTOLPHE. Bei Gott, Pater! Ich bedaure, dass Sie mich einer
solchen Feigheit für fähig halten. Im Rausch meiner Eifersucht mag ich vielleicht daran denken, Gabrielle zu verraten,
um sie zu zwingen, mir zu gehören; doch sobald sie meine

Frau wäre, würde ich sie niemals gegen ihren Willen offenbaren.

DER PRÄZEPTOR. Was wissen Sie schon selbst davon, armer Astolphe? Die Eifersucht ist eine tragische Verirrung, und ihre Folgen sind nicht abzusehen. Als Gatte werden Sie sich Gabrielles nicht sicherer fühlen denn als Geliebter, und wenn Sie dann wieder einem Anfall von Wut und Misstrauen erliegen, werden Sie sie öffentlich zu dieser Unterwerfung zwingen wollen, in die sie nur insgeheim eingewilligt hat.

ASTOLPHE. Würde ich glauben, ich könnte so sehr irren, so würde ich auf der Stelle darauf verzichten, Gabrielle finden zu wollen, und mir ihre Gegenwart für immer und ewig verwehren.

DER PRÄZEPTOR. Im Gegenteil, finden Sie ihn, um ihn zunächst vor den drohenden Gefahren zu retten; und dann lieben Sie ihn mit einer Zuneigung, die seiner und Ihrer würdig ist.

ASTOLPHE. Sie haben Recht, suchen wir weiter; trennen wir uns. Ich werde mich an diesem Festtag unter die Menge mischen und versuchen, meine Entlaufene dort wiederzufinden; Sie dagegen besuchen die dunklen Ecken und verlassenen Orte, wo jemand, der sich verstecken muss, manchmal ein bisschen unvorsichtig wird und sich gehen lässt. Was haben Sie da unter dem Mantel?

DER PRÄZEPTOR *(stellt Mosca aufs Pflaster)*. Ich habe mir aus Florenz diesen kleinen Hund kommen lassen. Ich denke, er wird unseren Gesuchten wiederfinden. Gabriel hat ihn aufgezogen; und dieses Tier hatte einen wunderbaren Instinkt, um ihn zu finden, wenn der Schlingel sich vor meinen Stunden drückte und sich zum Lesen im Park versteckte. Wenn Mosca auf seine Spur trifft, wird er sie ganz sicher nicht mehr verlieren. Sehen Sie nur, er schnuppert … er geht hier entlang …

(Er zeigt aufs Kolosseum.)
Ich folge ihm. Man braucht nicht blind zu sein, um sich von
einem Hund führen zu lassen.
(Sie trennen sich.)

Szene 4

*Vor einem Lokal. Elf Uhr abends. Tische unter einem mit Blätter-
girlanden und bunten Papierlaternen geschmückten Zeltdach.
Auf der Straße spazieren Gruppen Maskierter, hin und wieder
hört man Instrumentenklang.*

ASTOLPHE *(in blauem Domino-Kostüm;)*

FAUSTINA *(in rosa Domino-Kostüm, sitzen an einem kleinen
Tisch und löffeln Fruchteis. Ihre Masken liegen auf dem Tisch.)*

EIN VERKLEIDETER *(in schwarzem Domino-Kostüm, maskiert,
sitzt mit etwas Abstand an einem anderen Tisch und liest ein
Schriftstück.)*

FAUSTINA *(zu Astolphe)*. Wenn deine Unterhaltung so fröhlich
   bleibt, habe ich gleich genug davon, ich warne dich.

ASTOLPHE. Bleib, ich muss noch mit dir reden.

FAUSTINA. Seit wann habe ich dir zu gehorchen? Gehorch du
   mir, wenn du ein einziges Wort aus mir herauslocken willst.

ASTOLPHE. Du willst mir also nicht sagen, warum Antonio
   nach Rom gekommen ist? Das heißt, du weißt es nicht; denn
   du lästerst so gerne, dass du dich nicht würdest bitten lassen,
   wenn du etwas wüsstest.

FAUSTINA. Wenn man Antonio glauben mag, ist das, was ich
   weiß, für dich von höchstem Belang.

ASTOLPHE. Tausend Teufel! So rede doch, du Schlange!
   (Er packt sie heftig am Arm.)

FAUSTINA. Ich bitte dich, zerknittere mir nicht die Manschet-
   ten. Sie sind aus allerfeinster Spitze. Ach, dieser unbeständi-

ge Antonio ist immer noch der großartigste Liebhaber, den ich je hatte – von dir könnte ich so ein Geschenk niemals erwarten.

(Der schwarze Domino horcht auf.)

ASTOLPHE *(legt ihr einen Arm um die Taille).* Meine kleine Faustina, wenn du nur reden willst, schenke ich dir ein ganzes Kleid daraus; und da du immer noch hübsch bist wie ein Engel, wird es dir wunderbar stehen.

FAUSTINA. Und womit willst du mir dieses schöne Kleid kaufen? Mit dem Geld deines Vetters?

(Astolphe schlägt mit der Faust auf den Tisch.)

Weißt du, dass es sehr bequem ist, einen reichen kleinen Vetter zu haben, den man schröpfen kann?

ASTOLPHE. Still, du Abschaum, und verschwinde! Du ekelst mich an!

FAUSTINA. Und jetzt beschimpfst du mich? Gut, dann erfährst du nichts, dabei wollte ich gerade alles erzählen.

ASTOLPHE. Nun, was ist der Preis für deine Denunziation?

(Er zieht eine Geldkatze und legt sie auf den Tisch.)

FAUSTINA. Wie viel ist in der Katze?

ASTOLPHE. Zweihundert Goldtaler … Aber wenn das nicht reicht …

(Ein Bettler tritt heran.)

FAUSTINA. Da du so großzügig bist, wirst du mir erlauben, auf deine Kosten ein gutes Werk zu tun!

(Sie wirft die Geldkatze dem Bettler zu.)

ASTOLPHE. Da du diese Summe so geringschätzt, behalte nur dein Geheimnis! Ich bin nicht reich genug, um es zu bezahlen.

FAUSTINA. Dann bist du also wieder einmal ruiniert, mein armer Astolphe? Nun, ich dagegen habe ein Vermögen gemacht. Hier!

(Sie zieht eine Geldkatze aus der Tasche.)

Ich will dir deine zweihundert Goldtaler erstatten. Es war

ein Fehler, sie den Armen zuzuwerfen. Lass mich diese Wohltat übernehmen; es wird mir Glück bringen, und außerdem bringt es mir vielleicht meinen Treulosen zurück.

ASTOLPHE *(schiebt die Geldkatze entsetzt von sich)*. Dann ist er also einer Frau wegen hier? Bist du ganz sicher?

FAUSTINA. Viel zu sicher!

ASTOLPHE. Und kennst du sie vielleicht?

FAUSTINA. Ah, da drückt der Schuh! Lass noch mehr Fruchteis bringen, aber nur, wenn du es auch bezahlen kannst.
(Auf ein Zeichen von Astolphe wird ein Tablett mit Eis und Likören gebracht.)

ASTOLPHE. Ich habe noch genug, um deine Enthüllungen zu bezahlen, und müsste ich dafür meinen Leib den Carabinieri verkaufen; sprich …
(Er schenkt sich Likör ein und trinkt in Gedanken versunken.)

FAUSTINA. Deinen Leib verkaufen für ein Geheimnis? Nun, wenn du meinst; der Gedanke ist verlockend: Ich will von dir nichts weiter als eine Liebesnacht. Das wundert dich? Tja, Astolphe, ich bin keine Kurtisane mehr; ich bin reich, und ich bin eine Hetäre. Sagt man nicht so? Ich habe dich immer geliebt, komm, lass uns in meinem Boudoir den Karneval begraben.

ASTOLPHE. Sonderbares Mädchen! Dann gibst du dich also einmal im Leben für umsonst hin?
(Er trinkt.)

FAUSTINA. Besser noch, ich gebe mich hin und zahle dafür, denn ich verrate dir Antonios Geheimnis! Kommst du?
(Sie steht auf.)

ASTOLPHE *(im Aufstehen)*. Würde ich es glauben, so wäre ich fähig, dir einen Strauß zu bringen und unter deinem Fenster ein Minnelied zu singen.

FAUSTINA. Ich verlange gar keine Galanterie. Tu einfach so, als würdest du mich lieben. Geliebt zu werden ist ein Traum, den ich, ach, schon so manches Mal geträumt habe!

ASTOLPHE. Unglückliches Geschöpf! Dabei hätte ich dich lieben können! Denn ich war ein Kind, und ich wusste nicht, was das ist, eine Frau wie du ... Du lügst, wenn du behauptest, du würdest dich danach sehnen.

FAUSTINA. Oh, Astolphe, ich lüge nicht. Mein ganzes Leben soll mir am Jüngsten Tag vorgehalten werden, bis auf diesen Augenblick hier und bis auf dieses Wort, das ich dir sage: Ich liebe dich!

ASTOLPHE. Du? ... Und ich höre dir zu, ich Narr, hin- und hergerissen zwischen Rührung und Abscheu!

FAUSTINA. Astolphe, du kennst die Leidenschaft einer Kurtisane nicht. Nur wenigen Männern ist es gegeben, sie zu kennen, und um sie zu kennen, muss man arm sein. Ich habe eben deine letzten Groschen auf die Straße geworfen. Du kannst mir nicht misstrauen: Ich könnte diese Nacht fünfhundert Dukaten verdienen. Hier, der Beweis.

(Sie zieht ein Billett aus der Tasche und zeigt es ihm.)

ASTOLPHE *(liest)*. So ein großartiges Angebot stammt mindestens von einem Kardinal.

FAUSTINA. Von Monsignor Gafrani.

ASTOLPHE. Und du hast es ausgeschlagen?

FAUSTINA. Ja, ich habe dich auf der Straße gesehen und dir ausrichten lassen, du mögest zu mir heraufkommen. Ach, wie bewegt du warst, als du hörtest, dass eine Frau nach dir fragte! Du dachtest, du würdest deine Herzensdame wiedersehen; aber zumindest bist du ihr jetzt auf der Spur, denn ich weiß, wo sie ist.

ASTOLPHE. Du weißt es? Was weißt du?

FAUSTINA. Kommt sie nicht eben aus Kalabrien?

ASTOLPHE. O Furien ... Wer hat dir das gesagt?

FAUSTINA. Antonio. Wenn er betrunken ist, rühmt er sich bei mir gern seiner Glücksfälle.

ASTOLPHE. Doch ihr Name! Hat er es gewagt, ihren Namen auszusprechen?

FAUSTINA. Ihren Namen kenne ich nicht, du siehst, ich bin aufrichtig; aber wenn du willst, tue ich, als würde ich seinen Er-
folg bewundern, und biete ihm großzügig mein Boudoir für
sein erstes Rendezvous an. Ich weiß, dass er unbedingt sehr
vorsichtig sein muss, denn die Dame ist von hohem Stand.
Umso entzückter wird er sein, sie an einen sicheren und zugleich angenehmen Ort führen zu können.

ASTOLPHE. Und er wird bei deinem Angebot nicht misstrauisch?

FAUSTINA. Er ist zu primitiv, um nicht zu meinen, mit ein bisschen Geld ließe sich alles lösen …

ASTOLPHE *(birgt das Gesicht in den Händen und lässt sich auf
seinen Stuhl fallen)*. Mein Gott! Mein Gott! Mein Gott!

FAUSTINA. Und, Astolphe, bist du entschlossen?

ASTOLPHE. Und du, bist du entschlossen, mich in deinem Al-
koven zu verstecken, wenn sie kommen, und alle Folgen
meines Zorns zu ertragen?

FAUSTINA. Willst du deine Mätresse töten? Ich bin einverstanden, vorausgesetzt, du verschonst auch deinen Rivalen
nicht.

ASTOLPHE. Aber er ist reich, Faustina, und ich habe nichts.

FAUSTINA. Aber ich hasse ihn, und dich liebe ich.

ASTOLPHE *(außer sich)*. Träume ich? Die makellose Frau, die ich
mit der Stirn im Staub anbetete, stürzt sich in die Schande,
und die Kurtisane, die ich mit Füßen trat, erhebt sich, geläutert durch die Liebe! Nun, Faustina, ich werde dich in einem
Blut baden, das dich von deiner Besudelung reinwäscht! …
Der Pakt gilt.

FAUSTINA. Dann komm und unterschreibe ihn. Es ist nichts
passiert, wenn du nicht diese Nacht in meinen Armen ver-
bringst! Aber was tust du?

ASTOLPHE *(stürzt eilig mehrere Gläser Likör herunter)*. Du
siehst, ich betrinke mich, damit ich mir einreden kann, ich
würde dich lieben.

FAUSTINA. Immer noch beleidigst du mich! Egal, von dir werde ich alles ertragen. Gehen wir!

(Sie nimmt ihm das Glas aus der Hand und zieht ihn mit. Astolphe folgt ihr sichtlich verwirrt und bleibt bei jedem Schritt abwesend stehen. Sobald sie weg sind, tritt der schwarze Domino, der langsam immer nähergekommen war und sie von hinter dem Wandbehang beobachtet hatte, aus seinem Versteck und nimmt die Maske ab.)

GABRIEL *(als schwarzer Domino, die Maske in der Hand.)*

ASTOLPHE UND FAUSTINA *(hinten auf der Straße.)*

GABRIEL. Ich laufe und stelle mich ihm in den Weg, ich werde verhindern, dass er diesen Frevel begeht! …

(Er macht einen Schritt, hält inne.)

Aber vor dieser Hure aufzutreten, ihr meinen Geliebten streitig zu machen … das verbietet mir mein Stolz. Oh, Astolphe! … dich entschuldigt deine Eifersucht; aber unsere Liebe hatte etwas Heiliges, das dieser Moment nun für immer zerstört hat!

ASTOLPHE *(kehrt um).* Warte, Faustina; ich habe meinen Degen vergessen.

(Gabriel steckt ein gefaltetes Papier in die Glocke von Astolphes Degen, setzt die Maske auf und flieht, während Astolphe gerade wieder unter das Zeltdach tritt.)

ASTOLPHE *(nimmt seinen Degen vom Tisch).* Schon wieder ein Billett, bestimmt, um mir noch einmal *hoffe!* zu sagen …

(Er zerrt das Papier heraus, wirft es zu Boden und möchte es mit dem Fuß zertreten. Faustina, die ihm gefolgt ist, schnappt sich das Papier und entfaltet es.)

FAUSTINA. Ein Liebesbrief? Auf diesem großen Bogen und mit dieser breiten Schrift? Niemals! Was – die Unterschrift des Papstes! Was zum Teufel hat Seine Heiligkeit mit dir zu schaffen?

ASTOLPHE. Was sagst du da! Gib mir dieses Papier!

FAUSTINA. Oh, das scheint mir doch zu lustig! Ich will sehen, was es ist, und es dir vorlesen.

(Sie liest.)

»Wir, erkoren durch Gottes Gnaden und die Wahl des Kardinalskollegiums, geistliches Oberhaupt der katholischen, apostolischen und römischen Kirche ... Nachfolger Petri und Vertreter Christi auf Erden, zeitlicher Herrscher über die römischen Ländereien, et cetera pp., gewähren Jules-Achille-Gabriel de Bramante, dem Enkel, mutmaßlichen Erben und rechtmäßigen Nachfolger Seiner hochwohlgeborenen Exzellenz Fürst Jules de Bramante, Graf von X, Herr von Y, et cetera, nach freiem Gewissen oder vor einem Priester oder Beichtvater Seiner Wahl das Gelübde von Armut, Demut und Keuschheit abzulegen, und gestatten ihm hiermit den Eintritt in ein Kloster oder ein freies Leben in der Gesellschaft, je nach seiner selbst erkannten Berufung, so oder so seinem Seelenheil zu dienen; des Weiteren gestatten wir ihm hiermit, unmittelbar nach dem Tod seines hochwohlgeborenen Ahnen Jules de Bramante die unverzügliche, rechtmäßige und unwiderrufliche Übertragung seines Eigentums an all seinem Besitz und all seinen Titeln auf den rechtmäßigen Erben, Octave-Astolphe de Bramante, Sohn des Octave de Bramante und leiblicher Vetter Gabriels de Bramante, welchselbigem wir diese Erlaubnis und dieses Versprechen erteilt haben, um ihm die innere Ruhe und die Gewissensfreiheit zu geben, die er benötigt, um insgeheim oder öffentlich ein Gelübde zu erfüllen, von dem nach seinen Worten sein Seelenheil abhängt.

Bezüglich wessen wir ihm diese Genehmigung erteilen, die unsere Unterschrift und das päpstliche Siegel trägt ...«

Wie denn! Einen recht zauberhaften Schreibstil hat der Heilige Vater! Siehst du, Astolphe? Nichts fehlt ... Und? Freut dich das nicht? Jetzt bist du reich, und plötzlich Fürst von Bramante! ... Mich wundert das nicht allzu sehr; dieses arme Kind war fromm und ängstlich wie ein Weib ... Er hat es wirklich gut gemacht; jetzt kannst du Antonio töten und mich in deine *innere Ruhe und Gewissensfreiheit* entführen!

ASTOLPHE *(entreißt ihr das Papier)*. Wenn du darauf gezählt hast, war das ein Fehler!

(Er zerreißt das Papier und verbrennt die Fetzen an der Kerze.)

FAUSTINA *(laut auflachend)*. Was für ein Don Quichotte! Willst du denn immer derselbe bleiben?

ASTOLPHE *(zu sich selbst)*. Solches Unrecht büßen, solche Beleidigung tilgen, eine solche Wunde schließen – mit Gold und mit Titeln? ... Ach, man muss sehr tief gefallen sein, um einen so trösten zu wollen.

FAUSTINA. Was sagst du da? Wie denn! Auch dein Vetter hatte dich ...

(Sie vollführt eine bedeutsame Geste an Astolphes Stirn.)

Ich sehe, für deine Kalabrierin ist Antonio nicht der Erste.

ASTOLPHE *(ohne Faustina zu beachten)*. Brauche ich dieses unverschämte Zugeständnis? Oh! Jetzt wird mich nichts mehr aufhalten, und ich werde meine Rechte wohl geltend zu machen wissen ... Ich werde den Betrug aufdecken, ich werde die Strafe der Scham auf das Haupt der Schuldigen niedergehen lassen ... Antonio wird in den Zeugenstand gerufen werden ...

FAUSTINA. Aber was sagst du da? Ich verstehe gar nichts mehr! Du siehst aus wie ein Irrer! Hör doch zu und komm wieder zu Sinnen!

ASTOLPHE. Was willst du von mir, du? Lass mich in Ruhe, ich bin weder reich noch Fürst; deine Laune ist dir wohl schon wieder vergangen, oder?

FAUSTINA. Im Gegenteil, ich warte auf dich!

ASTOLPHE. Wahrhaftig, offenbar sind die Frauen dieses Jahr höchst uneigennützig: Damen und Huren ziehen ihren Geliebten dem Vermögen vor, und wenn das so weitergeht, kann man sie bald alle auf dieselbe Linie stellen.

FAUSTINA *(bemerkt Gabriel im Domino-Kostüm, der wieder auftaucht).* Dieser Herr ist vielleicht neugierig!

ASTOLPHE. Vielleicht ist es der, der dieses Schreiben gebracht hat?

(Er küsst Faustina.)

Er kann gleich sehen, dass ich heute Abend keine ernsten Geschäfte treibe. Komm, liebe Fausta. Bei dir bin ich der glücklichste aller Männer.

(Gabriel ab. Astolphe und Faustina schicken sich zum Gehen an.)

Szene 5

ANTONIO, FAUSTINA, ASTOLPHE
(Antonio, bleich und kaum noch in der Lage, sich aufrecht zu halten, steht vor ihnen, als sie gerade gehen wollen.)

FAUSTINA *(schreit auf und schreckt zurück).* Ist das ein Gespenst? ...

ASTOLPHE. Ha, der Himmel schickt ihn! Unglück über ihn ...

ANTONIO *(mit erstickter Stimme).* Was sagt ihr da? Erkennt mich doch. Helft mir, gleich falle ich wieder in Ohnmacht.

(Er wirft sich auf eine Bank.)

FAUSTINA. Er hinterlässt eine Blutspur. Wie furchtbar! Was hat das zu bedeuten? Sind Sie überfallen worden, Antonio?

ANTONIO. Nein! Im Duell verletzt ... doch ziemlich schwer ...

FAUSTINA. Astolphe! Rufen Sie Hilfe ...

ANTONIO. Nein, bitte! ... nicht das ... Keiner soll es wissen ... Gebt mir ein wenig Wasser!

(Astolphe reicht ihm ein Glas Wasser. Faustina hält ihm ein Riechfläschchen vor.)

ANTONIO. Sie holen mich ins Leben zurück ...

ASTOLPHE. Wir werden Sie nach Hause bringen. Dort finden Sie sicher jemanden, der Sie besser pflegt als wir.

ANTONIO. Ich danke Ihnen. Gern nehme ich Ihren Arm. Lassen Sie mich vorher ein wenig zu Kräften kommen ... Wenn nur diese Blutung aufhören könnte ...

FAUSTINA *(reicht ihm ihr Taschentuch, das er sich auf die Brust legt).* Armer Antonio! Deine Lippen sind ganz blau ... Komm zu mir ...

ANTONIO. Du bist ein gutes Mädchen, zumal ich dir Unrecht getan habe. Aber das werde ich nicht mehr tun ... Weißt du, ich habe mich recht lächerlich gemacht ... Astolphe, da ich Sie hier treffe, wo ich Sie doch in weiter Ferne wähnte, will ich Ihnen sagen, was es war ... denn Ihr Vetter wird Ihnen ja auch berichten, da klage ich mich lieber selbst an ...

ASTOLPHE. Mein Vetter, oder meine Base.

ANTONIO. Ach, dann wissen Sie also von meinem Wahn? Er hat es Ihnen schon erzählt ... Das wird mich teuer zu stehen kommen! Ich war überzeugt, er sei eine Frau ...

FAUSTINA. Was sagt er da?

ANTONIO. Er hat mich beinhart aufgeklärt: ein furchtbarer Degenhieb in die Rippen ... Ich dachte zuerst, es sei nichts Großes, ich wollte allein nach Hause gehen; aber beim Durchqueren des Kolosseums wurde mir übel, und ich lag in Ohnmacht ... ich weiß nicht, wie lange! ... Wie spät ist es?

FAUSTINA. Beinahe Mitternacht.

ANTONIO. Es hatte gerade acht Uhr geschlagen, als ich hinter dem Kolosseum Gabriel Bramante traf.

ASTOLPHE *(als erwachte er aus einem Traum).* Gabriel! Mein Vetter? Mit ihm haben Sie sich duelliert! Haben Sie ihn etwa getötet?

ANTONIO. Ich habe ihn nicht einmal berührt, und er hat mir einen Hieb versetzt, an den ich mich noch lange erinnern werde ...

(Er trinkt Wasser.)

Mir scheint, meine Blutung lässt etwas nach ... Ach, was für ein Gevatter ist dieser Junge! ... Ich glaube, jetzt schaffe ich es nach Hause ... wenn Sie mich beide ein wenig stützen ... Ich erzähle Ihnen alles ganz genau.

ASTOLPHE *(beiseite).* Ist das eine List? Wäre er so feige? ...

(Laut.)

Sind Sie denn schwer verletzt?

(Er betrachtet Antonios Brust. Beiseite.)

Es stimmt, eine große Wunde. O Gabrielle!

(Laut.)

Ich laufe und hole einen Chirurgen ... sobald ich Sie nach Hause gebracht habe ...

FAUSTINA. Nein! Zu mir, das ist näher.

(Mit Antonio in ihrer Mitte, ab.)

Szene 6

Ein kleines, sehr dunkles Zimmer

GABRIEL, MARC *(Gabriel im schwarzen Anzug, das Domino-Kostüm an den Schultern zurückgeschlagen. Er sitzt gedankenverloren, den Kopf in die Hand gestützt. Marc hinten im Raum.)*

MARC. Es ist zwei Uhr morgens, gnädiger Herr, denken Sie nicht daran, sich zur Ruhe zu legen?

GABRIEL. Geh schlafen, mein Freund, ich brauche nichts mehr.

MARC. Ach! Sie werden noch krank! Glauben Sie mir, Sie sollten sich besser mit Herrn Astolphe versöhnen, denn vergessen können Sie ihn doch nicht ...

GABRIEL. Lass mich, mein guter Marc; ich versichere dir, ich bin ganz ruhig.

MARC. Aber wenn ich gehe, denken Sie nicht daran, schlafen zu gehen, und dann finde ich Sie morgen früh hier auf demselben Platz sitzen, und Ihre Lampe brennt noch immer. Eines Tages werden Ihre Haare Feuer fangen ... und wenn nicht das, so wird wenig später der Kummer Sie umbringen. Wenn Sie sehen könnten, wie Sie sich verändert haben!

GABRIEL. Umso besser, meine Frische verriet mein Geschlecht. Jetzt, wo ich für immer Junge bin, ist es ganz richtig, dass meine Wangen hohl werden ... Was siehst du so auf diese Tür?

MARC. Haben Sie es nicht gehört? Da hat etwas an der Tür gekratzt.

GABRIEL. Das war dein Degen. Du hast ja die Manie, noch im Zimmer die Waffe zu tragen.

MARC. Ich finde keine Ruhe, solange Sie nicht mit Ihrem Großvater Frieden geschlossen haben ... Da! Wieder!

(Man hört es an der Tür kratzen, dazu ein leises Winseln.)

GABRIEL *(zur Tür gehend).* Das ist ein Tier ... kein menschliches Geräusch.

(Er will die Tür öffnen.)

MARC *(hält ihn auf).* Um Himmels willen! Lassen Sie zuerst mich öffnen, und ziehen Sie Ihren Degen ...

(Gabriel öffnet trotz Marcs Widerstand die Tür. Mosca stürmt herein und springt vor Freude kläffend an Gabriels Beinen hoch.)

GABRIEL. Was für ein Grund zur Sorge! Ein Hund, so groß wie eine Faust! Aber was denn ... das ist mein armer Mosca! Wie hat er mich von so weit her wiedergefunden? Armes, liebevolles Geschöpf!

(Er nimmt Mosca auf den Schoß und streichelt ihn.)

MARC. In der Tat, das beunruhigt mich ... Ganz allein konnte Mosca nicht kommen, jemand muss ihn gebracht haben ... Fürst Jules ist hier!

(Unten klopft es ... Er nimmt Pistolen von einem Tisch.)

GABRIEL. Was es auch sein mag, Marc, ich verbiete dir, dein Leben aufs Spiel zu setzen, indem du Widerstand leistest.

Siehst du, ich hänge gar nicht mehr an meinem … Egal, was kommt, ich werde mich nicht verteidigen. Ich habe wahrlich genügend gekämpft, und um dahin zu kommen, wo ich jetzt stehe, hat sich das wirklich nicht gelohnt.

(Er sieht durchs Fenster.)

Ein einzelner Mann? … Geh und sprich durch die Türklappe mit ihm. Lass dir sagen, was er will; aber wenn es Astolphe ist, verbiete ich dir zu öffnen.

(Marc ab.)

Wer hat dich nur zu mir gebracht, mein armer Mosca? Hätte ein Feind mir dieses großzügige Geschenk gemacht, das einzige Wesen, das mir trotz der Entfernung treu geblieben ist?

MARC *(kommt zurück).* Es ist Herr Pater Chiavari, er bittet um eine Unterredung. Aber trauen Sie ihm nicht, gnädiger Herr, womöglich schickt ihn Ihr Großvater.

GABRIEL *(hinausgehend).* Lieber falle ich hundertmal dem Betrug zum Opfer, als einmal die Freundschaft zu verraten. Ich gehe ihm entgegen.

MARC. Wir wollen sehen, ob auch niemand auf der Straße nachkommt.

(Er spannt seine Pistolen und beugt sich durchs Fenster.)

Nein, niemand.

Szene 7

DER PRÄZEPTOR, GABRIEL, MARC

DER PRÄZEPTOR. O mein liebes Kind! Mein edler Gabriel! Ich danke Ihnen, dass Sie mir nicht misstraut haben. Ach, welcher Kummer, welche Müdigkeit stehen in Ihrem Gesicht!

MARC. Nicht wahr, Pater? Genau das sagte ich eben.

GABRIEL. Dieser treue Diener! Er ist mir immer noch genauso

ergeben. Geh, leg dich auf dein Bett, mein Freund, ich rufe dich später, damit du den Pater hinausführen kannst, wenn er geht.

MARC. Ich gehe, um Ihnen zu gehorchen, aber schlafen werde ich nicht.

(Ab.)

DER PRÄZEPTOR. Oh, dieser kleine Mosca! Welchen Weg er mich hat machen lassen! Vom Kolosseum aus, wo er Ihre Spur fand, bis hierher hat er mich den ganzen Abend spazieren geführt. Zuerst hat er mich zum Vatikan gebracht ... dann in eine Kneipe an der Piazza Navona; da hatte ich schon aufgegeben, Sie zu finden, und auch er selbst legte sich übermüdet nieder, als er plötzlich leise jaulte, wie Sie es kennen, und wieder aufbrach, und er blieb so hartnäckig an Ihrer Tür, dass ich ihn auf gut Glück durch die Klappe gehoben habe.

GABRIEL. Ich liebe ihn noch hundertmal mehr, seit er mir ein Wiedersehen mit einem Freund beschert hat. Doch was führt Sie nach Rom, mein werter Pater?

DER PRÄZEPTOR. Der Wunsch, Ihnen zu helfen, und die Furcht, es könnte Ihnen ein Unglück zustoßen.

GABRIEL. Ist mein Großvater sehr böse auf mich?

DER PRÄZEPTOR. Das können Sie glauben. Doch Sie sind gut versteckt, und jetzt sind Sie von ergebenen Beschützern umgeben. Astolphe ist hier.

GABRIEL. Das weiß ich.

DER PRÄZEPTOR. Ich habe mich mit ihm verbündet; ich wollte wissen, ob dieser Mann ehrlich an Ihnen hängt ... Er liebt Sie, dessen bin ich sicher.

GABRIEL. Das weiß ich alles, aber sprechen Sie nicht von ihm.

DER PRÄZEPTOR. Im Gegenteil, ich will von ihm sprechen, denn er verdient Vergebung, so sehr bereut er.

GABRIEL. Ja, ich weiß, er bereut sehr viel!

DER PRÄZEPTOR. Nur die maßlose Liebe konnte ihn zu seinen

Fehlern verleiten, für die ihn Ihre Trennung allzu hart bestraft hat.

GABRIEL. Hören Sie, mein Freund, ich kenne besser als Sie alle Schritte, jedes kleine Wort, jeden letzten Gedanken von Astolphe. Seit drei Monaten folge ich ihm wie sein Schatten, überwache ich alles, was er tut, und ich habe sogar Wort für Wort die langen Gespräche mitgehört, die Sie mit ihm geführt haben …

DER PRÄZEPTOR. Was! Sie wussten, dass ich hier bin, und Sie haben es gewagt, sich nicht vertrauensvoll an mich zu wenden?

GABRIEL. Verzeihen Sie, Unglück macht scheu …

DER PRÄZEPTOR. Und Sie waren heute Abend zur gleichen Zeit am Kolosseum wie wir?

GABRIEL. Nein, aber ich habe Sie letzte Woche bei den Diokletiansthermen belauscht. Auch heute Abend war ich ganz richtig beim Kolosseum, aber dort bin ich nur Antonio Vezzonila begegnet. Ich hatte Streit mit ihm, weil er um ein Haar mein Geschlecht erraten hatte. Ich weiß nicht, ob er von dem Schlag, den ich ihm zugefügt habe, sterben wird. Unter allen anderen Umständen hätte er mir das Leben genommen; aber ich hatte ein Vorhaben zu erledigen, das Schicksal hat mich beschützt. Ich habe meinen letzten Würfel geworfen. Und ich habe gegen das ungünstige Hindernis auf meinem Weg das Spiel gewonnen. Ein Opfer mehr, auf dem Astolphe das Bauwerk seines Vermögens errichten wird.

DER PRÄZEPTOR. Ich verstehe Sie nicht, liebes Kind!

GABRIEL. Astolphe wird Ihnen morgen früh alles erklären. Ich werde Rom morgen verlassen.

DER PRÄZEPTOR. Doch wohl mit ihm?

GABRIEL. Nein, mein Freund; ich verlasse Astolphe für immer.

DER PRÄZEPTOR. Können Sie denn nicht vergeben? Sie werden sich selbst am grausamsten bestrafen.

GABRIEL. Ich weiß, und ich vergebe ihm in meinem Herzen,

was ich erleiden werde. Es wird ein Tag kommen, an dem ich ihm freundschaftlich die Hand werde reichen können; heute kann ich ihn nicht treffen.

DER PRÄZEPTOR. Lassen Sie mich ihn zu Ihren Füßen führen: Obwohl es schon sehr spät ist, ich weiß, ich werde ihn noch auf den Beinen antreffen; er hat sich verkleidet, um Sie zu suchen.

GABRIEL. Zu dieser Stunde sucht er mich nicht. Ich bin besser informiert als Sie, mein lieber Pater; und wenn Sie auch seine Worte hören, so höre ich seine Gedanken. Hören Sie gut an, was ich Ihnen jetzt sage. Astolphe liebt mich nicht mehr. Als er mich zum ersten Mal mit einem ungerechtfertigten Verdacht beleidigte, begriff ich, dass er gegen die Liebe sündigte, weil sein Herz der Liebe überdrüssig war. Lange kämpfte ich gegen diese furchtbare Gewissheit. Jetzt kann ich ihr nicht mehr entkommen. Mit dem Zweifel ist der Undank in Astolphes Herz getreten, und je endgültiger er mit seinem dauernden Misstrauen unsere Liebe tötete, desto mehr andere Leidenschaften hielten nach und nach bei ihm Einzug und nahmen, fast ohne dass er es merkte, den Platz der schwindenden Leidenschaft ein. Heute ist seine Liebe nur noch ein wilder Dünkel, ein Durst nach Rache und Herrschaft; seine Uneigennützigkeit ist nur noch ein unbefriedigter Ehrgeiz, der das Geld verachtet, weil er etwas Besseres will … Verteidigen Sie ihn nicht! Ich weiß, dass er sich noch selbst etwas vormacht und noch nicht kalt das Verbrechen ins Auge gefasst hat, das er begehen will; doch ich weiß auch, dass seine Untätigkeit, sein Schattendasein ihm zu schaffen macht. Er ist ein Mann! Ein Leben nur aus Liebe und Besinnung konnte ihm nicht genügen. Hundertmal träumte er in unserer Einsamkeit unwillkürlich von dem, was in der Welt seine Rolle gewesen wäre, hätte unser Großvater nicht mich an seine Stelle gesetzt; und wenn er heute daran denkt, mich zu heiraten, wenn er daran denkt, mein Geschlecht offenzulegen, dann denkt er nicht so sehr daran, sich meine Treue zu sichern, sondern einen glänzenden Platz in der Gesellschaft zurückzuerobern, einen großen Titel, politische Rechte, mit einem Wort: Macht, nach der die Männer eifersüchtiger streben als nach Geld. Ich weiß, noch gestern, noch heute Morgen vielleicht, wies er die Versuchung von sich und zitterte bei dem Gedanken, eine Feigheit zu begehen; doch morgen, doch heute Abend vielleicht hat er diesen Schritt schon getan, und noch der gröbste Köder für seine Eifersucht wird ihm als Vorwand dienen, um seine Liebe mit Füßen zu treten und auf seinen Ehrgeiz zu hören. Ich habe das Gewitter kommen sehen, und da ich seiner Ehre ein Verbrechen und meiner Freiheit ein Joch ersparen wollte, habe ich einen Ausweg gefunden. Ich habe beim Papst vorgesprochen; ich habe eine große Anwandlung christlicher Frömmigkeit vorgegeben; ich habe ihm erklärt, ich wolle unverheiratet bleiben, und um nicht zu riskieren, dass mein Erbe die Familie verlässt, habe ich von ihm erreicht, dass beim Tod meines Großvaters Astolphe an meiner Stelle eingesetzt würde. Der Papst hat mich wohlwollend angehört; er geruhte die Vorbehalte meines Großvaters gegen Astolphe anzuhören, und er erkannte die Notwendigkeit, diese Vorbehalte ernst zu nehmen. Er hat mir Stillschweigen versprochen und mir für die Zukunft eine Garantie gegeben. Dieses Schreiben, heute Abend unterzeichnet, befindet sich schon in Astolphes Händen.

DER PRÄZEPTOR. Astolphe wird es nicht benutzen, und er wird es vor ihren Füßen in Stücke reißen. Gestatten Sie, dass ich ihn hole, sage ich Ihnen. Möglicherweise sind Ihre Vorhersagen richtig und es kommt ein Tag, an dem Sie sich zu Recht mit großem Mut und unbeugsamer Strenge wappnen müssen; doch müssen Sie unterdessen nicht alles versuchen, um diese geschlagene Seele aufzurichten und dieses Glück zurückzuerobern, das Sie bisher so dringend verteidigt haben? Liebe, mein Kind, ist in meinen Augen (in den Augen eines armen Priesters, der sie nie gekannt hat!) eine ernstere Sache als in den Augen all derer, denen ich in meinem Leben begegnet bin. Fast möchte ich Euch Liebenden sagen, was der Herr zu seinen Jüngern sagte: »Ihr tragt Sorge für die Seelen.« Denn indem Sie eines anderen Menschen Seele besessen haben, haben Sie ihr gegenüber heilige Pflichten erworben, und eines Tages werden Sie vor Gott Rechenschaft ablegen müssen für die Verdienste oder die Fehler dieser verirrten Seele, der Sie selbst zum Richter, zum Mahner und zur Gottheit geworden waren! Setzen Sie also all Ihren Einfluss daran, sie aus dem Abgrund zu ziehen, in dem sie versinkt; machen Sie sich diese Aufgabe zur Pflicht, und verlassen Sie sie nicht, bis Sie alle Mittel, sie aufzurichten, ausgeschöpft haben.

GABRIEL. Sie haben Recht, Pater; Sie sprechen als Christ – nicht aber als Mann! Sie wissen nicht, dass man sich da, wo man mit Liebe geherrscht hat, mit Vernunft oder Moral nicht mehr durchsetzen kann. Einst war die Macht die Liebe, die man selbst empfand, das heißt der Glaube, und die Begeisterung, die sie entfachte und unfehlbar machte. Ist diese Liebe erst verwandelt in christliche Nächstenliebe oder in ein philosophisches Gebot der Vernunft, so verliert sie all ihre Macht, und erkaltet wird man das Werk nicht vollenden, das man im Fieber begonnen hat. Ich spüre, dass ich nicht mehr über die Mittel verfüge, um Astolphe zu überzeugen, denn ich spüre, dass es nicht mehr mein Lebensziel ist, ihn zu überzeugen. Seine Seele ist unter meine gesunken; wollte ich sie aufrichten, so wäre sie mein Werk. Ich würde ihn vielleicht lieben, wie Sie mich lieben; aber ich läge nicht mehr auf den Knien vor dem vollkommenen Wesen, vor dem Ideal, das Gott für mich erschaffen hatte. Wissen Sie, mein Freund, die Liebe ist nichts anderes als die Vorstellung von der Überlegenheit des Wesens, das man besitzt, und ist diese

Vorstellung einmal zu Bruch gegangen, so kann es nur noch Freundschaft geben.

DER PRÄZEPTOR. Auch die Freundschaft kennt noch nüchterne Pflichten; sie befähigt zum Heldentum – und Sie können nicht am selben Tag der Liebe und der Freundschaft abschwören!

GABRIEL. Ich respektiere Ihre Meinung. Doch lassen Sie mir die übrige Nacht, um über das, was Sie von mir verlangen, nachzudenken. Geben Sie mir Ihr Wort, dass Sie Astolphe nichts von meinem Wohnort sagen.

DER PRÄZEPTOR. Einverstanden, wenn Sie mir Ihres geben, dass Sie Rom nicht verlassen, ohne mich noch einmal zu sehen. Ich komme morgen früh wieder.

GABRIEL. Ja, mein Freund, ich verspreche es. Es ist schon spät, auf der Straße treibt sich nur noch das Gesindel herum, erlauben Sie, dass Marc Sie begleitet.

DER PRÄZEPTOR. Nein, mein Kind, diese Karnevalsnacht hält die halbe Bevölkerung wach; es herrscht keine Gefahr. Marc ist wahrscheinlich am Ende doch eingeschlafen. Wecken Sie diesen braven Alten nicht. Bis morgen! Möge Gott Ihnen guten Rat bieten …

GABRIEL. Möge Gott Sie begleiten! Bis morgen!

(Der Präzeptor ab. Gabriel begleitet ihn zur Tür und kommt zurück.)

Szene 8

GABRIEL *(allein)*. Worüber soll ich noch nachdenken? Über das Ausmaß meines Unglücks, die Unmöglichkeit einer Besserung? Zu dieser Stunde vergisst Astolphe alles in einem schändlichen Rausch! Und ich, könnte ich je vergessen, dass seine Brust, das Heiligtum, auf das ich meinen Kopf bettete, von unreinen Umarmungen geschändet wurde? Soll etwa in

Zukunft jeder Verdacht seinerseits dieses Bedürfnis nach widerlichen Delirien neu erwecken und ihm gestatten, seine Lippen an den Lippen der Huren zu besudeln? Und mich, mich will er auch besudeln! Behandeln, wie er sie behandelt! Er will mich vor ein Gericht zitieren, vor eine Ansammlung von Männern; und da, vor den Richtern, vor der Menge, will er die Büttel mein Wams zerreißen lassen und zum Beweis seines Anrechts auf Reichtum und Macht allen Blicken diese Frauenbrust entblößen, die einzig er hat beben sehen! Oh, Astolphe, wahrscheinlich denkst du jetzt nicht daran; doch wenn die Stunde kommt und du auf dem steilen Weg in den Abgrund bist, wirst du für so eine Kleinigkeit nicht innehalten wollen! Nun, dazu sage ich: niemals! Ich verweigere mich dieser letzten Beleidigung, und statt diesen Affront zu erleiden, will ich lieber diese Brust selbst zerreißen, will ich diesen Busen verstümmeln, bis er denen, die ihn sehen, zum Schreckensbild wird, und dann wird keiner lächeln im Angesicht meiner Blöße ... Oh mein Gott, beschütze mich! Rette mich! Mit Mühe nur widerstehe ich der Versuchung des Freitods!

(Er wirft sich auf die Knie und betet.)

Szene 9

Auf der Engelsbrücke. Vier Uhr morgens
GABRIEL *(gefolgt von)*
MOSCA, GIGLIO

GABRIEL *(gehetzt eilend, bleibt mitten auf der Brücke stehen).* Freitod! ... Dieser Gedanke will mir nicht aus dem Kopf. Immerhin fühle ich mich hier besser! ... In diesem kleinen Zimmer war es mir zu eng, und ich befürchtete, mein Schluchzen könnte jeden Moment meinen armen Marc aufwecken, den treuen Diener, den mein Unglück immer gebrechlicher macht und den meine Not mehr hat altern lassen als die Jahre!

(Mosca heult langgezogen auf.)

Still, Mosca! Ich weiß, du liebst mich auch. Ein alter Diener und ein alter Hund, das ist alles, was mir bleibt! ...

(Er geht ein paar Schritte.)

Wie schön diese Nacht ist! Und die frische Luft tut mir so gut! ... Wie die Sterne funkeln! Wie harmonisch der Tiber plätschert! ...

(Mosca heult ein zweites Mal auf.)

Was hast du nur, schwaches Geschöpf? Als ich klein war, erzählte man mir, wenn derselbe Hund dreimal gleich heult, kündet das von einem Tod in der Familie! ... Damals dachte ich nicht, dass mir dieses Omen eines Tages keine Angst mehr machen würde ...

(Er macht noch ein paar Schritte und stützt sich auf das Geländer.)

GIGLIO *(verborgen im Schatten der Engelsburg auf der Brücke, nähert sich Gabriel).* Es war wirklich seine Wohnung, und es ist wirklich er; ich habe ihn nicht aus den Augen verloren, seit er herausgekommen ist. Es ist nicht der alte Diener, von dem sie mir erzählt haben ... Das hier ist ein junger Mann.

(Mosca heult ein drittes Mal auf und schmiegt sich dicht an Gabriel.)

GABRIEL. Tatsächlich, das schlechte Omen. Dann soll es sich erfüllen, mein Gott! Ich weiß, dass es für mich kein Unglück mehr geben kann.

GIGLIO *(kommt noch näher).* Dieser verteufelte Hund! Zum Glück scheint er ihn nicht zu beachten ... Teufel auch! Es ist so einfach, dass ich es nicht über mich bringe! ... Hätte ich nicht Frau und Kinder, ließe ich es dabei!

GABRIEL. Allerdings, in Freiheit ... (und mein Ersuchen an den

Papst sollte mich vor allem schützen) … könnte auch Einsamkeit noch schön sein. Welcher Zauber liegt in der Betrachtung dieser Gestirne: Frei kann ich sie begehren, ohne dass eine sündige Leidenschaft ihren Besitz ans Irdische kettet! Oh Freiheit der Seele! Welcher vernünftige Mensch kann dir von sich aus entsagen?

(Er streckt die Arme gen Himmel.)

Mein Gott, gib mir diese Freiheit zurück! Meine Seele weitet sich allein beim Sprechen dieses Wortes: Freiheit! …

GIGLIO *(mit einem Dolchstoß)*. Gerade ins Herz, geschafft!

GABRIEL. Gut getroffen, Meister. Ich verlangte nach Freiheit, und du hast sie mir gegeben.

(Er stürzt, Moscas Geheul erfüllt die Luft.)

GIGLIO. Da ist er tot! Willst du wohl schweigen, verdammter Köter?

(Er will ihn packen, Mosca läuft bellend davon.)

Er entkommt mir! Schnell, den Rest erledigt.

(Er tritt zu Gabriel und versucht ihn hochzuheben.)

Ach, ich Hasenfuß! Ich zittere wie Espenlaub! Ich bin einfach nicht gemacht für diesen Beruf.

GABRIEL. Willst du mich in den Tiber werfen? Nicht nötig. Lasst mich in Frieden sterben, im Schein der Sterne. Du siehst, ich rufe nicht um Hilfe, und es ist mir gleich, dass ich sterbe.

GIGLIO. Das ist ein Mann, der mir ähnelt. Wenn es nicht darum ginge, vor dem himmlischen Gericht zu erscheinen, so wollte ich in dieser Stunde tot sein. Ach, morgen gehe ich zur Beichte! … Doch halt, zum Teufel! Diesen Jüngling habe ich schon einmal gesehen … Ja, er ist es! Oh! Ich sollte mir auf dem Pflaster den Kopf zerschlagen!

(Er wirft sich neben Gabriel auf die Knie und will ihm den Dolch aus der Brust ziehen.)

GABRIEL. Was tust du, Unglücklicher? Du hast es eilig, mich sterben zu sehen!

GIGLIO. Mein Meister! Mein Engel! ... mein Gott! Ich möchte dir das Leben zurückgeben. Ach! Gott des Himmels und der Erde, mach, dass er nicht stirbt!

GABRIEL. Es ist zu spät, sei's drum!

GIGLIO *(beiseite)*. Er erkennt mich nicht. Ach, umso besser! Würde er mich in dieser Stunde verfluchen, so wäre ich unwiederbringlich verdammt!

GABRIEL. Wer immer du bist, ich nehme dir nichts übel; du hast den Willen des Himmels erfüllt.

GIGLIO. Ich bin kein Dieb, nein, du siehst es, Herr, ich will dich nicht plündern.

GABRIEL. Wer schickt dich dann? Wenn es Astolphe ist ... sag es mir nicht ... gib mir lieber den Gnadenstoß ...

GIGLIO. Astolphe? Den kenne ich nicht ...

GABRIEL. Danke! Ich sterbe in Frieden. Ich weiß nun, woher der Schlag kommt ... Alles ist gut.

GIGLIO. Er stirbt! Ach, Gott ist nicht gerecht! Er stirbt! Ich kann ihm nicht das Leben zurückgeben ...

(Mosca kommt zurück und leckt Gabriel Gesicht und Hände.)

Ach, das arme Tier! Es hat ein größeres Herz als ich.

GABRIEL. Freund, lass meinen armen Hund am Leben ...

GIGLIO. Freund! Er nennt mich Freund!

(Er schlägt sich mit den Fäusten auf den Kopf.)

GABRIEL. Womöglich kommt jemand ... Rette dich! ... Was tust du da? ... Ich kann nicht ins Leben zurück. Geh deinen Lohn holen ... bei meinem Großvater!

GIGLIO. Seinem Großvater! Ach, und solche Leute verdingen uns! So also nutzen unsere Fürsten uns aus ...

GABRIEL. Höre! ... Ich möchte nicht, dass meine Leiche von den Passanten geschmäht wird ... Bind mich an einen Stein ... und wirf mich ins Wasser ...

GIGLIO. Nein! Du lebst noch, du sprichst, du kannst noch ins Leben zurück. Oh mein Gott! mein Gott! Will dir denn niemand zu Hilfe kommen?

GABRIEL. Der Todeskampf dauert zu lange … Ich habe Schmerzen. Reiß mir diese Waffe aus der Brust.

(Giglio zieht den Dolch heraus.)

Danke, jetzt fühle ich mich besser … Ich fühle mich … frei! … Mein Traum kehrt wieder. Mir ist, als flöge ich da oben! Ganz, ganz oben!

(Er stirbt.)

GIGLIO. Er atmet nicht mehr! Ich habe seinen Tod beschleunigt, als ich ihm Erleichterung verschaffen wollte … Seine Wunde blutet nicht … Ach! Alles ist gesagt! … Es war sein Wille … Ich werde ihn in den Fluss werfen! …

(Er versucht Gabriels Leiche zu heben.)

Mir fehlt die Kraft, meine Augen verschleiern sich, das Pflaster weicht unter meinen Füßen! … Gerechter Gott! … Der Engel auf der Burg schlägt mit den Flügeln und bläst die Trompete … Die Stimme des Letzten Gerichts! Ach! Hier sind die Toten, die Toten kommen mich holen.

(Er fällt mit dem Gesicht aufs Pflaster und hält sich die Ohren zu.)

Szene 10

ASTOLPHE, DER PRÄZEPTOR, GABRIEL *(tot,)*
GIGLIO *(auf dem Boden liegend.)*

ASTOLPHE *(im Gehen)*. Nun! Nicht Sie brechen Ihr Versprechen, sondern ich habe Ihren Willen bezwungen!

DER PRÄZEPTOR *(bleibt unschlüssig stehen)*. Ich bin zu schwach … Gabriel wird sich mir nicht mehr anvertrauen wollen.

ASTOLPHE *(zieht ihn mit)*. Ich will sie sehen, nur sie sehen! Ihr die Füße küssen. Sie wird mir verzeihen. Führen Sie mich hin.

MARC *(kommt ihnen entgegen, eine Laterne in der Hand, in der anderen den Degen)*. Pater, sind Sie es?

DER PRÄZEPTOR. Wohin läufst du, Marc? Dein Gesicht ist ganz bestürzt! Wo ist dein Herr?

MARC. Ich suche ihn! Er ist ausgegangen ... während ich eingeschlafen war! Ich Unglücklicher! ... Ich wollte bei Ihnen nachsehen.

DER PRÄZEPTOR. Ich bin ihm nicht begegnet ... Aber er war doch bewaffnet, nicht?

MARC. Zum ersten Mal im Leben ist er unbewaffnet ausgegangen, sogar seinen Dolch hat er vergessen. Ach! Ich wage gar nicht zu sagen, was ich befürchte. Er hatte solchen Kummer! Seit ein paar Tagen aß er nicht mehr, schlief nicht mehr, las nicht mehr, konnte nicht einen Moment stillsitzen.

ASTOLPHE. Schweig, Marc, du bringst mich um. Suchen wir ihn! ... Was sehe ich da? ...

(Er reißt ihm die Laterne aus der Hand und hält sie über Giglio.)

Was tut dieser Mann da?

GIGLIO. Tötet mich! Tötet mich!

DER PRÄZEPTOR. Und hier, eine Leiche!

MARC *(mit von den Schreien erstickter Stimme)*. Mosca! ... Hier ist Mosca und leckt ihm die Hände!

(Der Präzeptor fällt auf die Knie. Marc hebt weinend und schreiend Gabriels Leiche an. Astolphe bleibt versteinert stehen.)

GIGLIO *(zum Präzeptor)*. Erteilen Sie mir die Absolution, Herr Priester! Meine Herren, töten Sie mich. Ich war es, der diesen jungen Mann getötet hat, ein tapferer, edler Jüngling, der mir das Leben geschenkt hatte eines Nachts, als ich, um ihn auszurauben, mit ein paar Kumpanen schon einmal versucht hatte, ihn zu ermorden. Tötet mich! Ich habe Frau und Kinder, aber egal, ich will sterben!

ASTOLPHE *(packt ihn an der Kehle)*. Unglücklicher! Du hast ihn ermordet!

DER PRÄZEPTOR. Lassen Sie ihn am Leben. Er hat nicht auf eigene Rechnung gehandelt. Ich erkenne hier die Hand des Fürsten de Bramante. Ich habe diesen Mann bei ihm gesehen.

GIGLIO. Ja, ich stand in seinen Diensten.

ASTOLPHE. Und er hat dich mit diesem Verbrechen beauftragt?

GIGLIO. Ich habe Frau und Kinder, mein Herr; ich habe das Geld, das ich bekommen habe, nach Hause getragen. Jetzt übergeben Sie mich der Justiz; ich habe meinen Retter getötet, meinen Herrn, meinen Jesus! Schickt mich an den Galgen; Sie sehen ja, ich liefere mich selbst aus. Pater, beten Sie für mich!

ASTOLPHE. Ach! Feigling, Blindwütiger! Ich will dich auf dem Pflaster zertreten.

DER PRÄZEPTOR. Die Aussagen dieses Unglücklichen werden von Wert sein; verschonen Sie ihn, und seien Sie gewiss, dass der Fürst sich schon morgen anschicken wird, Sie zu beschuldigen. Nur Mut, Seigneur Astolphe! Sie schulden es dem Gedächtnis derer, die Sie geliebt hat, dass Sie Ihre Ehre von dieser Verleumdung reinigen!

ASTOLPHE *(ringt die Hände)*. Meine Ehre! Was kümmert mich meine Ehre?

(Er wirft sich auf Gabriels Leiche. Marc stößt ihn weg.)

MARC. Nun lassen Sie sie in Ruhe! Sie selbst haben sie getötet.

ASTOLPHE *(verwirrt aufstehend)*. Ja, ich selbst! Ja, ich war es! Wer wagt das Gegenteil zu behaupten? Ich selbst bin ihr Mörder!

DER PRÄZEPTOR. Beruhigen Sie sich und kommen Sie! Wir müssen diesen heiligen Leichnam den Beleidigungen der Öffentlichkeit entziehen. Noch ist der Tag fern, wir tragen ihn weg. Wir bringen ihn ins nächste Kloster. Wir werden ihn selbst begraben und ihn erst verlassen, wenn wir tief im

Schoß der Erde das Geheimnis verborgen haben, das ihm so teuer war.

ASTOLPHE. Oh ja, ins Grab soll sie es mitnehmen, dieses Geheimnis, das ich verletzen wollte!

DER PRÄZEPTOR *(zu Giglio).* Folgen Sie uns, da Sie heilsame Reue empfinden. Ich will versuchen, für Sie Frieden mit dem Himmel zu schließen; und wenn Sie uns ehrliche Enthüllungen machen wollen, können wir Ihnen das Leben retten.

GIGLIO. Ich werde alles beichten, aber das Leben will ich nicht, solange ich nur die Absolution bekomme.

ASTOLPHE *(von Sinnen).* Ja, die Absolution bekommst du, und du wirst mein Freund, mein Gefährte! Wir werden uns nicht mehr trennen, denn wir sind beide Mörder!
(Marc und Giglio tragen den Leichnam fort, der Pater zieht Astolphe davon.)

ENDE

Zu dieser Ausgabe

Grundlage dieser Übersetzung ist die Ausgabe:

George Sand: Gabriel. Hrsg. von Martine Reid. Paris: Galli-
mard, 2019.

Nachwort

Wenn George Sand (1804–1876) in Paris ausging, zog sie Hosen, Weste, Krawatte, Militärmantel und Stiefel an, um sich frei bewegen zu können, ohne behelligt oder gar beschimpft zu werden, wenn sie Pfeife oder Zigarre rauchte. Ihre Kleidung, ja Verkleidung im öffentlichen Raum war im 19. Jahrhundert eine Provokation, wie auch das Rauchen sich allenfalls für eine Bohemienne, nicht aber für eine Dame schickte. Die Männerkleidung wurde zu einem Markenzeichen der Autorin, obwohl sie sich, wie auf einem Gemälde Eugène Delacroix' oder den berühmten Fotos des Ateliers Nadar zu sehen ist, durchaus in eleganter oder gediegener Frauengarderobe zeigen konnte. Letztere trug sie vor allem auf ihrem Landsitz in Nohant inmitten der hügeligen Landschaft des zentralfranzösischen Berry, wo sie die Sommer verbrachte. Im Winter lebte sie in Paris, wenn nicht gerade eine Revolution, ein Staatsstreich oder ein Krieg die Stadt erschütterte. Dort nahm sie an kulturellen Ereignissen der Saison teil, verhandelte mit Verlegern, besuchte literarische Zirkel wie das legendäre Dîner Magny – als einzige Frau in frivoler Herrenrunde – und beaufsichtigte Proben und Aufführungen ihrer Theaterstücke.

George Sand spielte in ihrem bewegten Leben zahlreiche Rollen: Sie war die einzige französische Schriftstellerin, die im 19. Jahrhundert gut vom Schreiben (wörtlich: ›von ihrer Feder‹, *de sa plume*) leben konnte; sie war eine unermüdliche, ja besessene Korrespondentin, die von 1825 bis 1876 in ihrer gut lesbaren Handschrift voller klarer, runder Buchstaben viele Tausende Briefe an Familie, Freunde, Geliebte und Wahlverwandte, an Vertreter des Literatur- und Kunstbetriebs, an einflussreiche Politiker und in aufwühlenden Momenten des Second Empire selbst an den Kaiser und die Kaiserin schrieb, die im Übrigen auch ihre Romane las. Sie war Mäzenin, selbsternannte, pausenlos praktizierende Literatur- und Kunstagentin, Freundin und

Geliebte junger Künstler und Künstlerinnen, sie war Republikanerin, Philanthropin, Feministin, Aktivistin, Mutter, eine gute Zeichnerin sowie eine große Gastgeberin und Salonnière.

George Sand wurde als Amantine-Aurore-Lucile Dupin am 1. Juli 1804, im Krönungsjahr Napoleon Bonapartes, in Paris geboren. Ihr Vater war ein Landadliger und Offizier, ihre Mutter die Tochter eines Vogelfängers; beide Eltern blickten auf ein libertines Vorleben zurück. Sie verbrachte ihre Kindheit nach dem frühen Tod des Vaters in Nohant auf dem Anwesen der Großmutter, Madame Dupin de Francueil – heute ein George-Sand-Museum. Dort wurde ihre Phantasie angeregt durch die große Bibliothek und die umliegende liebliche Landschaft, bevor sie mit 13 Jahren nach Paris in ein Pensionat englischer Augustinerinnen geschickt wurde und die kulturelle und religiöse Erziehung »höherer Töchter« genoss. Mit 18 Jahren heiratete sie gegen den Willen der Mutter den mittellosen Leutnant Casimir Dudevant, nichtehelicher Sohn eines Barons und einer Dienerin, und wurde neun Monate später Mutter. Die Ehe war allerdings schnell zerrüttet, die Wintermonate verbrachte Sand zum Aufbau ihrer literarischen Karriere allein in Paris.

1831 erschienen ihre ersten, zusammen mit ihrem Geliebten Jules Sandeau verfassten Texte unter dem gemeinsamen Pseudonym J. Sand; den männlichen Autornamen George Sand (hier und da zunächst auch Georges Sand) legte sie sich 1832 anlässlich der Veröffentlichung ihres Debütromans *Indiana* zu. Diesen Namen behielt sie lebenslang, unter diesem Namen kennt man sie bis heute, und sogar ihre Nachkommen fügten ihrem jeweiligen Familiennamen »Sand« hinzu. »Mein lieber George(s), meine schöne Geliebte«, so adressierte sie ihr zeitweiliger Liebhaber, der romantische Dichter Alfred de Musset. Sands Herkunft, die sich väterlicherseits auf den barocken Sachsenkönig August den Starken zurückführen lässt, verlieh ihr ein sicheres Auftreten in den mondänen Kreisen des *Tout Paris*, gab ihr aber auch die Möglichkeit, Bedürftige zu unterstützen sowie junge

Künstler und Künstlerinnen zu fördern und miteinander zu vernetzen: Sie hatte die Mittel, um Eugène Delacroix ein Atelier in Nohant einzurichten, Frédéric Chopin eine Wohnung in Paris und einen Pleyel-Flügel zu finanzieren und die Sängerin und Komponistin Pauline Viardot bei ihrer Karriereplanung zu beraten.

Ihre private und intellektuelle Freiheit jedoch musste Sand allein und aus eigener Kraft vor Gericht, im Literaturbetrieb und gegen den Zeitgeist erkämpfen. Zur Unabhängigkeit gehörten für sie neben dem freizügigen Liebesleben das Recht auf Scheidung und das Sorgerecht wenigstens für ihre Tochter, beides stand jedoch einer Frau nach dem Bürgerlichen Gesetzbuch, dem *Code Civil* von 1804, nicht zu. Eine Herausforderung war auch die Eroberung einer einflussreichen Position im literarischen Feld, das nahezu ausschließlich von Männern besetzt war. Dass sich George Sand für »Männliches Schreiben« als Autor statt als Autorin entschied, war damals nicht nur dem Mangel einer weiblichen Form des Nomens (*écrivaine*, *auteure*) geschuldet, sondern auch eine ratsame Strategie. Denn der Historiker Alexis de Tocqueville war nicht der Einzige, der schreibenden Frauen einen Verstoß gegen ihre eigentliche Natur vorwarf. In der von der katholischen Kirche geprägten französischen Kultur äußerten sich selbst Kollegen wie der Dichter Alphonse de Lamartine ähnlich. Ihre Abwertung traf neben George Sand, die Tag und Nacht schrieb, auch die sozialistische Aktivistin Flora Tristan oder Louise Colet, der lange die Anerkennung als Schriftstellerin versagt blieb, weshalb sie in Literaturgeschichten nur als Geliebte und Korrespondentin Gustave Flauberts auftritt.

Wer Sand in Paris nicht wohlgesonnen war, verspottete die sehr kleine Frau manchmal als »robuste Deutsche«, was noch gnädig war im Vergleich mit abfälligen Bemerkungen wie »Vielschreiberin« und »Blaustrumpf« oder gar der Beschimpfung als »Latrine«, zu der Charles Baudelaire sich hinreißen ließ, als sie längst erfolgreich war – und er nicht. Denn schon in den 1840er Jahren verdiente sie mit dem Schreiben so viel Geld wie die Spitzenreiter Honoré de Balzac und Victor Hugo, die nur übertroffen wurden von Eugène Sue, dem Autor des sagenhaft erfolgreichen Feuilletonromans *Les Mystères de Paris* (*Die Geheimnisse von Paris*). Doch gerade diese ehrgeizigen Kollegen, die damals miteinander konkurrierten und heute zu den größten Autoren des 19. Jahrhunderts und der Weltliteratur überhaupt zählen, waren auf ihrer Seite: Balzac schätzte Sands interessante Persönlichkeit und ihre Texte, ganz besonders *Gabriel*; Hugo erkannte in ihr eine Wahlverwandte und pries ihr republikanisches wie humanitäres Engagement.

Mit Flaubert verband sie in späteren Jahren gar eine innige Freundschaft, die selbstverständlich getragen wurde von einer umfangreichen Korrespondenz. In ihren Briefen nannten die beiden einander »Troubadour«, und der viel Jüngere sprach die ältere Dame in grammatischer Uneindeutigkeit als *chère Maître,* ›liebe Meister‹ an, da *Maîtresse* eine andere Beziehung nahegelegt hätte und sie selbst im Maskulinum von sich sprach. Ihre Texte verglich er bewundernd mit einem »großen und sanft fließenden amerikanischen Fluss«. Sie waren gleichwohl unterschiedlicher Meinung über die politischen Verhältnisse, ihre Zeitgenossen und die Menschen im Allgemeinen, da sie mit dem Ideal einer besseren Gesellschaft und er mit dem Ideal des Stils rang.

Die Freundschaft hielt diese Differenzen aus, doch das lange Leben von Riesinnen, das Flaubert der lieben Meisterin prophezeite, war Sand nicht vergönnt. Als man sie 1876 im Alter von 71 Jahren in Nohant zu Grabe trug, weinte er »wie ein Kalb«, während die Bauern der Gegend die »Bonne Dame de Nohant« zum letzten Male ehrerbietig grüßten. Und da Sand seit langem im In- und Ausland bekannt war, trafen nicht nur zahlreiche Vertreter des Pariser Kulturbetriebs in Nohant ein, sondern auch Beileidsbekundungen und Nachrufe von weit her. Hugo ließ eine Totenrede verlesen und grüßte die Unsterbliche; aus dem fernen Russland rühmte Fjodor Dostojewski sie als eine Sibylle, die immer an Gott, die Menschheit und das Ideal geglaubt und selbst die Waffen getragen habe, um Letzteres zu erreichen.

George Sand erlebte die zahlreichen politischen Umbrüche des 19. Jahrhunderts: das Empire Napoleon Bonapartes, die erste und zweite Restauration, die Julirevolution 1830 und die Julimonarchie, die Revolution 1848, die Zweite Republik, das Second Empire Napoleons III., der – ein Neffe Napoleons I. – sich an die Macht geputscht hatte, den Deutsch-Französischen Krieg 1870/71, die Pariser Kommune und die ersten Jahre der Dritten Republik. Nichts ließ sie gleichgültig, und sie wurde zur Mahnerin, wann immer sie Verstöße gegen die Menschenrechte, autokratische Tendenzen, soziale Spaltungen und unheilvolle Veränderungen des Klimas wahrnahm. Ihr gewaltiges literarisches Werk umfasst mehr als 60 Romane, ferner unzählige Novellen, Theaterstücke, autobiographische Schriften, Zeitungsartikel, Broschüren, Essays, Vorworte, ein Gedicht in Versen und die in 26 dicken Bänden publizierten 20 000 Briefe, zu denen vermutlich noch etwa 15 000 verschollene Briefe und Billetts hinzukommen.

Wer sich diese Menge an Texten, die schiere Masse an beschriebenem Papier und die Vielfalt ihrer sonstigen Aktivitäten vor Augen hält, staunt über die Willensstärke, Schaffenskraft, Ausdauer und Fülle des Lebens dieser ungewöhnlichen Autorin. Mit nicht einmal 30 Jahren hatte sie bereits Erzählungen, Artikel, Kritiken und drei Romane geschrieben, die ihrer Freizügigkeit wegen Aufsehen erregten: *Indiana*, *Valentine* (beide 1832) und *Lelia* (1833). Später kamen Romane hinzu, die von der ländlichen Atmosphäre, von Folklore und Mythen des Berry inspiriert waren, von Feldarbeit, Kindern und Geistern erzählten und später besonders Marcel Proust gefielen: *La Mare au Diable* (*Das Teufelsmoor*), *La petite Fadette* (*Die kleine Fadette*) und *François le Champi* (*François das Findelkind*). Seit den 1840er

Jahren engagierte Sand sich in frühsozialistischen Kreisen, die auf die Gleichheit der Geschlechter, Sozialreformen und Fortschritt für alle abzielten; diese Ideen wurden in der von Sand mitgegründeten Zeitschrift *La Revue indépendante* verbreitet. In ihren Romanen finden sich nun neben utopischen Gedanken auch feine Milieuschilderungen, in *Horace* etwa Szenen aus dem Studentenleben, in *Le compagnon du Tour de France* (*Gefährten von der Frankreichwanderschaft*) aus der Welt des Handwerks, in *Consuelo* Einblicke in den Pariser Opern- und Konzertbetrieb. Später entdeckte Sand die industrielle Arbeitswelt als literarisches Thema und schilderte 1860 in *La Ville noire* (*Die schwarze Stadt*) das Elend der Bergarbeiter im Nordosten Frankreichs. Erst 25 Jahre später sollte dieses Thema durch Émile Zolas Roman *Germinal* berühmt werden, heute ist die Region als Verliererin des postindustriellen Zeitalters wieder ins Bewusstsein gerückt.

Das Theater zu erobern, war für eine Frau des 19. Jahrhunderts eine besondere Herausforderung. Sand gelang es, nach mühsamen Anfängen, in den 1850er Jahren. Die Bühne in Nohant, aber auch das Pariser Theater Odéon, führten ihre Stücke auf, zumeist mit weiblichen Hauptrollen und Einflüssen des italienischen Theaters der Commedia dell'Arte. Zu diesem Zeitpunkt war Sand eine Protagonistin des Pariser Kulturlebens und weit über Frankreich hinaus bekannt; Heinrich Heine, der seit 1831 in Paris lebte, förderte ihre Rezeption in Deutschland. Überzeugt davon, dass Lesen bildet, schrieb Sand populäre Literatur im guten Sinne des Wortes und vermarktete sie mit bemerkenswertem Geschäftssinn, um die Massen, das ›Volk‹, zu erreichen sowie ihre Unabhängigkeit und das Wohl ihrer Kinder und Schützlinge abzusichern. In den 1850er Jahren gelang es ihr, die Rechte an all ihren künftigen Werken lukrativ zu verkaufen, sie verhandelte erfolgreich mit den größten Verlegern, sorgte für illustrierte Ausgaben und Taschenbuchausgaben und verkaufte dem Verlagshaus Hachette zehn Romane für seine 1853 begrün-

dete Eisenbahnbibliothek. 1859, als Sand trotz anhaltender An-
fechtungen aus konservativen Kreisen die Schriftstellerin der
Herzen und eine Ikone war, lancierte der Parfumeur Henri Rafin
sogar ein »Eau de George Sand«. Die Kirche hingegen setzte 1863
ihr Gesamtwerk auf den Index.

Gabriel, einer der frühen Texte George Sands, ist auch einer ihrer interessantesten und funkelndsten. Er erschien erstmals
1839 in Fortsetzungen in der renommierten *Revue des Deux
Mondes* und wurde jenseits klar umrissener oder gar normierter
literarischer Gattungen als Dialogroman (*roman dialogué*) angekündigt – eine Zuordnung, die eine Publikation innerhalb der
Serie von Zeitschriftenromanen ermöglichte und in den späteren Buchausgaben ab 1840 entfiel. Sand hatte den Text, wie sie in
einer Notiz vom 21. September 1854 hinzufügte, binnen weniger Tage im Frühjahr 1839 verfasst, in einem Gasthof und umgeben von ihren Kindern Maurice und Solange, die sie nicht
störten, weil sie sich wie alle Künstler dem Spielen und Träumen überließen. Sie war damals 24 Jahre alt und gerade von Mallorca zurückgekehrt, wo sie den Winter mit den Kindern und
ihrem damaligen Liebhaber Chopin in der abgelegenen Kartause
von Valdemossa verbracht hatte. Ihr Memoir dieser Monate, *Un
hiver à Majorque* (*Ein Winter auf Mallorca*), ist heute eine be-
liebte Reiselektüre.

Gabriel spielt in einer nicht genau datierten Epoche, vieles
verweist trotz einiger chronologischer Ungereimtheiten auf die
italienische Renaissance. Die Handlung setzt an dem Tag ein, an
dem der 17-jährige Gabriel von seinem Großvater, Jules de Bramante, das heikle Familiengeheimnis erfährt, das sein ganzes
bisheriges Leben bestimmt hat und über seine Zukunft entscheiden wird: Gabriel ist als Mädchen geboren, doch der männlichen Erbfolge wegen als Junge ausgewiesen und zur *Virtù* erzogen worden – dieser Begriff, ital. für ›Tugend‹, bezeichnet die
geistigen und körperlichen Fähigkeiten, die dem Männlichkeits-

ideal der Renaissance entsprachen: Gabriel studiert die alten Sprachen, ist ein exzellenter Reiter und Fechter, liebt die Jagd, prächtige Waffen und Gewänder. Von Frauen bislang ferngehalten, wird er nun, da er fast erwachsen und sein Großvater dem Tode nahe ist, auf die Familienehre, auf lebenslange Keuschheit und eine Geschlechterordnung verpflichtet, in der Männer über Frauen herrschen. Er wird vor die Wahl gestellt, sich ruhmreich in der Welt zu beweisen oder sich hinter Klostermauern zu verbergen – Fürst von Bramante oder Nonne zu werden. Gabriel stürzt, wie nicht anders zu erwarten, in eine tiefe Krise und Unordnung. Schon des Längeren hat ihn eine vage Unruhe erfasst und die Lehre der Ungleichheit von Mann und Frau mit Unbehagen erfüllt, ja seinen Hang zum Widerwort und zur Auflehnung verstärkt. So mancher wäre vielleicht auch beim Anblick des glühenden, doch zarten Knaben nicht überrascht oder gar entzückt gewesen, hätte dieser sich als Mädchen geoutet.

Nun aber, mit der dramatischen Alternative konfrontiert, verschwindet Gabriel. Es ist gerade Karneval, in Straßen und Kneipen feiern kostümierte, maskierte und entfesselte Menschen. In einer Spelunke trifft er auf den draufgängerischen und liederlichen Astolphe, der sich als jener Cousin herausstellt, der das Erbe des gemeinsamen Großvaters auf keinen Fall antreten soll. Nach einigem Quiproquo und wechselseitigem Erkennen verlieben Gabrielle und Astolphe sich ineinander, drei Jahre vergehen. Gabrielle zeigt sich auf dem Land als artige junge Frau an der Seite Astolphes, in der Stadt hingegen als geschmeidiger junger Mann. Doch Astolphes Eifersucht wächst, und obwohl er Gabrielle zuerst ihres Mutes und ihrer Freiheit wegen liebte und das Spiel mit der Geschlechtsidentität ihn reizte, will er sie schließlich heiraten und auf die traditionelle Frauenrolle einschwören, die das Sticken, den Gehorsam und das Tragen eines Korsetts umfasst. Vergeblich rät ihr früherer Hauslehrer, ein Priester, sie solle kostümiert (*travestie*), glücklich und frei mit ihm zusammenleben. Als Gabrielle, deren »Seele unabhängig ist wie die Vögel der Lüfte, wie die Fluten des Meeres«, die Ehe zurückweist, lässt sich Astolphe mit einer Prostituierten und früheren Geliebten ein. Gabrielle denkt in ihrer Verzweiflung an eine Verstümmelung ihrer Brüste sowie an Selbstmord und flieht in Männerkleidern. Wieder ist Karneval, im Getümmel der Masken und Kostüme wird sie von einem Banditen in Diensten des Großvaters erdolcht.

Gabriel war in der hybriden Form und Gattung des Dialogromans (Frz. *genre*: einerseits ›(Text)gattung‹, andererseits ›Geschlecht‹) mit Prolog, *dramatis personae*, fünf Teilen und zahlreichen Szenen von Anfang an auch auf die Bühne ausgelegt. Denn obwohl der Text zunächst an ein ›Lesestück für den Sessel‹ erinnerte, wie es Musset mit seinem *Théâtre dans un fauteuil* erfunden hatte, und Sand mit einer 1852 für das Theater bearbeiteten, gekürzten und illustrierten Fassung von *Gabriel* bei allen Bühnen durchfiel, waren die theatralischen Elemente – Verkleidung, Masken, Rollenspiel, Effekte, Kolorit, Melodramatik, Verwirrung der Namen (Gabriel/Gabrielle) und Pronomina (sie/er) – so stark ausgeprägt, dass die Ablehnung viele überraschte, zumal im romantischen Drama fast alles erlaubt war. Balzac hatte Sand schon am 18. Juli 1842 geschrieben: »Das ist Shakespeare. Warum führt man es nicht auf?« Das war höchstes Lob, denn sonst wurde nur Hugo mit Shakespeare verglichen oder erhob sich selbst in diesen Rang.

Sand ihrerseits bestand darauf, *Gabriel* nicht als ein beliebiges Kostümstück anzusehen. Vielmehr betonte sie, dass es darin – wie in ihrem Schreiben und Tun überhaupt – um Gerechtigkeit, Freiheit und die Gleichheit der Geschlechter gehe. Mit *Gabriel* entlarvte sie an einem schillernden Beispiel die Konstruktion der Geschlechtsidentität durch Normen, Zuschreibungen und Erziehung. Das Spiel mit Identitäten lag in der Luft, das zeitgenössische Publikum konnte es in diesen Jahren in Balzacs raffinierten Novellen *Sarrasine* (1830) und *Séraphita* (1834) ebenso finden wie in Théophile Gautiers programmatischem Roman

Mademoiselle de Maupin (1835). Im französischen Theater, vor allem in der Komödie, gab es sogar eine lange Tradition des Spiels mit Geschlechterrollen. Molières *Le Dépit amoureux* (*Der Liebeszwist*) und Marivaux' *Le Triomphe de l'amour* (*Der Triumph der Liebe*) hatten bereits im 17. und 18. Jahrhundert Männlichkeit und Weiblichkeit in Frage gestellt und die Travestie zum Kern der Handlung gemacht. 1829, drei Jahre vor der Publikation von *Gabriel*, hatte Alexandre Dumas d. Ä. mit seinem Drama *Henri III et sa cour* (*Heinrich III. und sein Hof*) einen König des 16. Jahrhunderts präsentiert, dessen Geschmack und Neigungen seinen Zeitgenossen Anlass zu Spekulationen über seine Homosexualität gaben.

Sand spitzt die Thematik zu, indem sie vorführt, wie die Sehnsucht nach weiblicher Selbstbestimmung und der freie Umgang mit Geschlechterstereotypen an Gesetzen, Normen und Zuschreibungen scheitern. Das biologische Geschlecht freilich stellt sie nicht in Frage. Der tragische Ausgang ihres mit burlesken Szenen angereicherten Textes jedoch bestätigt das Diktum, dass sich die gesellschaftliche Ordnung vielfach »nur über ihre Leiche« aufrechterhalten lässt. Und nachdem *Gabriel* zu Sands Lebzeiten nie aufgeführt wurde und schließlich in Vergessenheit geriet, trifft der Stoff heute auf eine breitere Resonanz und wird mancherorts wieder in den Theaterspielplan aufgenommen oder als Solo-Performance inszeniert. In einer Zeit fluider Geschlechtsidentitäten nämlich gefällt die Idee: Der Held ist verkleidet, er ist eine Heldin!

Walburga Hülk

Zeittafel

1804   Am 1. Juli kommt Amantine Aurore Lucile Dupin de Francueil in Paris zur Welt. Ihre Eltern sind Maurice François Dupin de Francueil, Oberst der französischen Armee, und Sophie Victoire Delaborde.

1809   Nach dem Tod des Vaters wächst Aurore bei der Großmutter väterlicherseits, Marie Aurore de Saxe, Madame Dupin de Francueil, in Nohant auf.

1818–20   Erziehung im Pensionat des Couvent des Filles-Anglaises des fossés-Saint-Victor in Paris.

1821   Tod der Großmutter. Aurore erbt unter anderem deren Landsitz in Nohant. Rückkehr mit der Mutter nach Paris.

1822   Heirat mit François Casimir Dudevant gegen den Willen der Mutter.

1823   Geburt des Sohnes Maurice.

1824   Zerrüttetes Verhältnis zu Dudevant. Aurore Dupin verbringt die Wintermonate regelmäßig in Paris.

1827/28   Beziehung mit Stéphane Ajasson de Grandsagne.

1828   Geburt der Tochter Solange.

1831   Trennung von Dudevant. Beziehung mit Jules Sandeau. Beginn der Arbeit beim *Figaro* zuerst unter dem gemeinsamen Pseudonym J. Sand, wenig später nutzt Aurore Dupin das eigene Pseudonym George Sand. Nach dem Erwerb einer ›permission de travestissement‹ tritt Sand häufig in Männerkleidung auf: Hosen, Armeerock, Krawatte, und schneidet sich außerdem die Haare nach Männermode.
Veröffentlichung des ersten Romans *Rose et Blanche* (im *Figaro*; noch als J. Sand).

1832   Veröffentlichung der Romane *Indiana* (dt. *Indiana*, 1983) und *Valentine*.

1833/34   Beziehung zu dem Schriftsteller Alfred de Musset.

Gemeinsame Reise nach Venedig. Freundschaft mit der Schauspielerin Marie Dorval und Gerüchte über eine Liebesbeziehung der beiden.

Veröffentlichung der Romane *Lélia* und *Le Secrétaire intime*.

1836 Rechtliche Trennung von Dudevant, der die Vormundschaft für den Sohn behält. Die Kinder wachsen allerdings vor allem bei der Mutter auf.

Sand unterhält Verbindungen zur Pariser Kulturszene: Franz Liszt, Marie d'Agoult, Frédéric Chopin, Michel de Bourges, Heinrich Heine, Charles Didier, Félicité de Lamennais, Alexandre Dumas, Honoré de Balzac.

1838 Beziehung mit Frédéric Chopin. Gemeinsame Reise nach Mallorca.

Veröffentlichung des Romans *Spiridion*.

1839 Veröffentlichung des Dialogromans *Gabriel*.

1842 Veröffentlichung des Romans *Consuelo*.

1843 Veröffentlichung des Romans *La Comtesse de Rudolstadt* (Fortsetzung von *Consuelo*).

1844 Veröffentlichung des Romans *Jeanne*.

1847 Trennung von Chopin, Zerwürfnis mit der Tochter wegen ihrer Heirat.

1848 Nach dem Ende der Julimonarchie geht Sand nach Paris und nimmt die journalistische Tätigkeit für verschiedene republikanische Zeitungen wieder auf. Infolge einer Verhaftungswelle Rückkehr nach Nohant.

1850 Beziehung mit dem Bildhauer Alexandre Manceau.

1851 Nach dem Staatsstreich Louis Napoléon Bonapartes setzt sich Sand für politische Gefangene ein und erhält auch zwei Audienzen beim Kaiser, unterliegt in der journalistischen Tätigkeit aber selbst der Zensur und konzentriert sich auf Literatur und Korrespondenz.

1854 Veröffentlichung des Romans *Adriani*.

1855	Veröffentlichung der Autobiographie *Histoire de ma vie*.
1857	Veröffentlichung des phantastischen Romans *Les Dames vertes*.
1858	Veröffentlichung der *Légendes rustiques*, einer Legendensammlung aus dem Berry, der Region um Nohant.
1859	Veröffentlichung des autobiographischen Romans *Elle et Lui* über die Beziehung zu Musset.
1863	Freundschaft mit Gustave Flaubert.
1863	Veröffentlichung des Romans *Mademoiselle La Quintinie*.
1865	Tod von Alexandre Manceau.
1873	Veröffentlichung der Märchensammlung *Contes d'une grand'mère* (1. Teil) für die beiden Enkelkinder.
1875	Veröffentlichung des Romans *La Tour de Percemont*.
1876	Veröffentlichung des 2. Teils der Märchensammlung *Contes d'une grand'mère*.
	Am 8. Juni stirbt George Sand auf ihrem Landsitz in Nohant.

Inhalt

Französischer Originaltitel:
Gabriel

RECLAM TASCHENBUCH Nr. 20750
2024 Philipp Reclam jun. Verlag GmbH,
Siemensstraße 32, 71254 Ditzingen
Umschlaggestaltung: Philipp Reclam jun. Verlag GmbH
Umschlagabbildung: Romaine Brooks, Peter (A Young English Girl),
1923/24 – bpk / Smithsonian American Art Museum / Art Resource, NY
Umschlagmaterial: PEYVIDA puro 270 g/m², peyer graphic gmbh
Druck und Bindung: GGP Media GmbH,
Karl-Marx-Straße 24, 07381 Pößneck
Printed in Germany 2024
RECLAM ist eine eingetragene Marke
der Philipp Reclam jun. GmbH & Co. KG, Stuttgart
ISBN 978-3-15-020750-5

Auch als E-Book erhältlich

www.reclam.de

Lieblingsbücher
im Reclam Taschenbuch

www.reclam.de

Klassiker für schöne Lesestunden

»Vom Schlechten kann man nie zu wenig,
und das Gute nie zu oft lesen.«

ARTHUR SCHOPENHAUER

RECLAM

486 Seiten
ISBN 978-3-15-020636-2
Auch als E-Book erhältlich

Edith Wharton zeigt sich in ihrer 1905 erschienenen
Sozialsatire als kühle Beobachterin, die mit bitterböser
Raffinesse die schillernden Kreise der New Yorker
High Society zu Beginn des 20. Jahrhunderts zerlegt.

160 Seiten
ISBN 978-3-15-020640-9
Auch als E-Book erhältlich

Geistige Freiheit hängt von materiellen Dingen ab –
und die hatten Frauen über Jahrhunderte nicht. Jede
Frau sollte »fünfhundert Pfund im Jahr und ein eige-
nes Zimmer« haben, so Virginia Woolf in ihrer großen
Streitschrift, einem Schlüsselwerk des Feminismus.

   www.reclam.de   RECLAM